W0205426

Carène Ponte

Lauréate du Prix e-crire aufeminin, Carène Ponte est aussi l'auteur du blog Des mots et moi. Après *Un merci de trop* (2016), elle publie *Tu as promis que tu vivrais pour moi* (2017), *Avec des Si et des Peut-être* (2018), *D'ici là, porte-toi bien* (2019) et *Vous faites quoi pour Noël ?* (2019), tous chez Michel Lafon. Son dernier roman, *Et ton cœur qui bat*, a paru en 2020 chez le même éditeur. L'ensemble des ouvrages de Carène Ponte est repris chez Pocket.

VOUS FAITES QUOI POUR NOËL ?

DU MÊME AUTEUR
CHEZ POCKET

UN MERCI DE TROP
TU AS PROMIS QUE TU VIVRAIS POUR MOI
AVEC DES SI ET DES PEUT-ÊTRE
D'ICI LÀ, PORTE-TOI BIEN
VOUS FAITES QUOI POUR NOËL ?

CARÈNE PONTE

VOUS FAITES QUOI POUR NOËL ?

Michel LAFON

MIXTE
Papier issu de sources responsables
FSC® C003309

Pocket, une marque d'Univers Poche,
est un éditeur qui s'engage pour la préservation
de l'environnement et qui utilise du papier fabriqué
à partir de bois provenant de forêts gérées
de manière responsable.

Le Code de la propriété intellectuelle n'autorisant, aux termes de l'article L. 122-5, 2° et 3° a, d'une part, que les « copies ou reproductions strictement réservées à l'usage privé du copiste et non destinées à une utilisation collective » et, d'autre part, que les analyses et les courtes citations dans un but d'exemple et d'illustration, « toute représentation ou reproduction intégrale ou partielle faite sans le consentement de l'auteur ou de ses ayants droit ou ayants cause est illicite » (art. L. 122-4).
Cette représentation ou reproduction, par quelque procédé que ce soit, constituerait donc une contrefaçon, sanctionnée par les articles L. 335-2 et suivants du Code de la propriété intellectuelle.

© Éditions Michel Lafon, 2019
ISBN : 978-2-266-30948-6
Dépôt légal : novembre 2020

À Ludovic,
qui est presque aussi dingue de Noël que moi…
Merci d'avoir grandement contribué
à la création de Pilou, le chien des montagnes.

… Et à tous ceux qui se gavent de films de Noël
dès le 15 novembre.

Chapitre Premier

18 décembre, 10 heures

Dans la vie, il y a deux catégories de gens. Ceux qui passent la fête de Noël du bureau collés au buffet, à s'enfiler des mini tartelettes au saumon trop cuites en comptant les minutes. Et ceux qui s'enfilent des coupes de champagne. Eux aussi comptent les minutes, ils le font juste de moins en moins bien de verre en verre.

Apparemment, vu les coups de marteau-piqueur qui résonnent dans ma tête depuis que je suis réveillée, moi, Pauline, j'appartiens à cette seconde catégorie.

Sérieusement, existe-t-il une seule personne qui apprécie de passer trois heures de plus dans l'enceinte de son entreprise en compagnie de Jocelyne, la standardiste qui postillonne, ou de Georges, le responsable des achats, qui raconte chaque année les mêmes blagues sexistes et absolument pas drôles ?

Bon, d'accord, peut-être que je noircis un peu le tableau et que Jocelyne ne postillonne que lorsqu'elle est énervée. Mais la fête de bureau, quel calvaire ! On trinque avec des gens qu'on apprécie parfois très moyennement. On supporte le discours interminable du directeur qui se gargarise avec les résultats annuels de la société, et puis, apothéose de l'horreur, vient l'ouverture des cadeaux. Depuis quelques années, il a en effet été décidé que chacun devait acheter une petite bricole d'une valeur maximale de vingt euros, et que ces cadeaux seraient ensuite répartis par tirage au sort.

J'ai donc eu tour à tour à m'extasier devant un kit pour découper des cigares ou un tablier de cuisine imprimé de pectoraux. Cette année, il m'a bien fallu deux ou trois coupes de champagne de plus pour sourire béatement à ce que le hasard m'avait réservé, un homard qui chante *Jingle Bells* en frétillant de la queue.

Il est de coutume de ne pas savoir quel est notre père Noël. Impossible pourtant de ne pas voir derrière celui-ci l'humour très orienté de Georges qui, d'ailleurs, n'a eu de cesse, une fois le homard déballé, de me demander avec force clins d'œil suggestifs si j'avais une passion pour les queues frétillantes. Plutôt mourir étouffée avec l'une des quiches trop salées du buffet.

Bref, hier soir, c'était fête de Noël au bureau, et, chose incroyable, j'y ai une nouvelle fois survécu. Même si, autant l'avouer tout de suite, je ne suis pas très fière de la manière dont s'est terminée la soirée.

Je ne suis pas quelqu'un de prude, enfin je ne crois pas, mais il n'est quand même pas dans mes habitudes de m'envoyer en l'air – ou plutôt contre un mur –, avec un type dans le parking de mon immeuble. Encore moins quand le type en question est un vague collègue de travail.

J'avais indéniablement trop bu, il était tard, alors quand Hervé, l'assistant du directeur des Ressources humaines, m'a proposé de me raccompagner, j'ai accepté volontiers. On ne se méfie pas des Hervé, on les voit comme des types qui portent des pantalons de velours et des mocassins en daim, des types qui se promènent avec des dossiers sous le bras, qui signent des formulaires… Bref, des types inoffensifs.

On ne se dit pas que derrière un Hervé en gilet à coudières peut sommeiller un type chaud comme la braise au point de ne pas vous laisser le temps de sortir du parking pour rejoindre un endroit plus confortable. Et surtout moins public.

L'alcool ayant embrumé mes souvenirs, je ne sais plus très bien comment les choses se sont enchaînées, à vrai dire, mais apparemment, à un moment donné, ma langue s'est retrouvée dans sa bouche et inversement, sans qu'étrangement aucune des deux ne soit choquée par la présence de l'autre.

Une pelle en entraînant une autre, il semble que j'aie fini par faire l'amour avec Hervé, assistant du directeur des Ressources humaines de son état, contre un mur du parking, à quelques mètres à peine de la porte qui mène vers les escaliers.

Est-ce l'orgasme ou son absence qui m'a fait dessaouler, je n'en sais rien. Toujours est-il qu'une fois la fièvre retombée, la sienne en particulier, j'ai eu la présence d'esprit de ne pas l'inviter dans mon appartement, nous épargnant à tous les deux la gêne de l'après première et, cela va sans dire, dernière fois.

Comme il n'a pas demandé son reste et est vite fait remonté dans sa voiture, j'en conclus que pour lui aussi la situation était embarrassante, et qu'il n'y voyait pas le début d'une longue histoire d'amour, de celles qu'on raconte à ses petits-enfants en mode *votre grand-mère et moi, on s'est rencontrés dans un parking, et ça a été le coup de foudre au premier regard*[1]...

Heureusement pour moi, cette fête de bureau marquait aussi ma dernière journée de travail avant quinze jours de vacances bien méritées. Ça nous évitera au moins le malaise postcoïtal devant la machine à café lundi.

D'ici mon retour, de l'eau aura coulé sous les ponts, les fêtes de fin d'année seront passées par là, et avec un peu de chance, Hervé aura testé un autre mur dans un autre parking, avec une autre fille.

En attendant que passe le trop-plein de champagne, et incapable de me résoudre à sortir de mon lit, je mets sur pied mentalement le programme des jours à venir. J'ai bien l'intention de profiter à fond de mes vacances, ce qui signifie dormir jusqu'à midi, traîner en combinaison licorne et me faire livrer des plats préparés pour chaque repas. Non pas que je ne sache pas cuisiner, mais les vacances sont faites pour manger des sushis, des nouilles sautées aux légumes ou des pizzas. Le tout, tout prêt et à même la boîte.

Cette année, mes parents ont décidé de partir en croisière pour Noël, et comme je suis fille unique, il n'y aura donc aucun repas de famille. Ça peut paraître étrange, mais ça me va très bien, je n'ai pas une passion dévorante pour cette période de l'année. Les décorations, les cadeaux, c'est sympa bien sûr, mais je préfère nettement la chaleur de l'été et le bronzage sur la plage. Chacun son truc.

---

1. Coup de rein ?

Je ferai juste un effort le 31 décembre pour rejoindre Estelle, Joséphine et Thibault dans notre bar à cocktails attitré.

J'ai rencontré Estelle et Joséphine pendant mes études. Elles suivaient un cursus de psycho, et moi de lettres. Joséphine a ouvert il y a quelques années son propre cabinet, spécialisé dans la prise en charge des enfants. Estelle s'est orientée à l'opposé de l'échelle des âges en exerçant dans un EHPAD. Thibault et moi sommes tous les deux éditeurs au sein d'une importante maison d'édition, lui au département jeunesse, et moi aux guides pratiques. Accessoirement, il est aussi l'ex de Joséphine. C'est moi qui les avais présentés l'un à l'autre. Après avoir couché ensemble deux ou trois fois, ils se sont rendus à l'évidence de leur incompatibilité et ont choisi la voie de l'amitié plutôt que celle du couple.

Avoir un point de vue masculin, c'est intéressant, bien que totalement inutile au regard de nos désastreuses histoires d'amour respectives.

Mais revenons-en au principal, je suis en vacances ! Et quoi de mieux pour commencer cette première journée qu'un retour dans les bras de Morphée ? Je remonte ma couette sous mon menton et soupire d'aise, quand un bip m'annonce l'arrivée d'un mail.

Je tente d'en faire abstraction, mais hélas, comme quatre-vingt-dix pour cent des gens de ma génération, je suis totalement incapable de résister à l'appel du mail. Ça pourrait être un message important, un de ceux qui changent la vie et qu'il ne faut surtout pas ouvrir avec deux minutes de retard. Évidemment, dans la plupart des cas, pour ne pas dire tous, il s'agit d'un mail annonçant des promotions hyper intéressantes : vite-vite-vite, abonnez-vous à une assurance pour animaux, alors qu'on n'a même pas d'animal.

Cette fois, il s'agit d'un mail envoyé par le gardien de notre immeuble.

Chers locataires,

Comme annoncé lors de la réunion du 1er décembre dernier, le système de vidéosurveillance est désormais opérationnel depuis hier à minuit.

Je vous rappelle que chacun d'entre vous peut désormais avoir accès aux images enregistrées sous sept jours (délai légal de rigueur).

Pour ce faire, il suffira de vous créer un compte sur le site Internet de notre fournisseur www.jespionne.com, et de rentrer l'identifiant suivant Hujheu765@&JUEjdnftriu7#

Pour toute question, n'hésitez pas à venir me voir.

En espérant que vous soyez ainsi rassurés pour votre sécurité.

David,

votre gardien

Pour le mail qui changera ma vie, on repassera.

Je me rappelle très vaguement de ladite réunion, un enchaînement assommant de présentations sur le respect de la vie privée, des données personnelles et autres obligations en voie de disparition à l'heure de Facebook, Google et Amazon.

En revanche, je suis soulagée de savoir que je pourrais à présent descendre sans peur dans le parking pour y récupérer mon vélo.

Rien de tel que la technologie pour se sentir en sécurité.

Je repose mon téléphone et me tourne confortablement sur le côté droit, un bras sous l'oreiller, l'autre au-dessus de la couette, parée à me rendormir, quand une sorte de petite sonnerie retentit dans mon cerveau. Vous savez, cette sonnerie qui vous indique que manifestement vous êtes en train de passer à côté de quelque chose d'essentiel, sans trop savoir quoi.

En râlant, je reprends mon téléphone, relis le mail et là, ça me saute aux yeux.

... Le système de vidéosurveillance est désormais opérationnel depuis hier à minuit...

Minuit.

Hier soir.

À cette heure-là, j'étais…

Je me redresse soudain sur mon lit.

Oh ! merde.

Chapitre 2

Deux heures plus tard

— Tu nous expliques ce qu'on fait ici, dans ce parking mal éclairé ? me demande Estelle.

— C'est le nouvel endroit hype pour recevoir ? ajoute Thibault. Un article que tu as lu dans un magazine genre « 10 choses à faire pour surprendre vos amis » ?

— Vous n'y êtes pas du tout ! J'ai juste besoin de vérifier quelque chose. Quelque chose d'essentiel. Estelle, place cette poubelle en dessous de la caméra, là, et grimpe dessus. Thibault toi, viens là et attrape-moi.

Comme Thibault ne bouge pas, je le tire par le bras et l'entraîne jusqu'à ce qu'il soit collé à moi, et moi dos au mur. Puis, je mets mes mains autour de son cou et m'agrippe pour pouvoir enserrer sa taille de mes jambes.

— Wow, je ne sais pas quel magazine tu lis en ce moment mais pas sûr que ce soit *Point de croix et tricot*. Qu'est-ce que tu me fais ?

— Estelle, dis-je en criant à moitié, dépêche-toi de grimper, et dis-moi si on me voit.

— Bah oui on te voit, t'es pas transparente !

— Nan, mais du haut de la poubelle, à hauteur de caméra ! Dis-moi si dans cette position on distingue mon visage. Et si tu pouvais faire ça vite, ça m'arrangerait, parce que je ne vais pas tenir longtemps.

Franchement, on a l'impression que c'est facile quand on regarde les nanas dans les films, mais en réalité ça fait un de ces mal aux cuisses, pire qu'une séance de Pilates.

— Pitié, Estelle, ne cherche pas à comprendre Pauline et grimpe sur cette foutue poubelle ! enchaîne Thibault, visiblement à la peine, ce qui est un poil vexant.

Après un temps qui paraît à mes cuisses infiniment trop long, elle se décide à se hisser sur la poubelle, non sans grommeler que si jamais elle tombe à l'intérieur je vais l'entendre, et positionne sa tête à la hauteur de la caméra.

— Alors ? On me voit ?

— En bas comme ici, je te confirme qu'on te voit parfaitement bien.

— Merde, merde, merde, ma vie est foutue, me lamenté-je en me désagrippant de Thibault.

— Euh, tu nous expliques…

— Mais quelle abrutie, quelle abrutie ! Pourquoi est-ce que je ne me suis pas souvenue de cette histoire de vidéosurveillance, pourquoi ? Qu'est-ce que je faisais encore pendant cette réunion, au lieu d'écouter les choses qui sont vraiment importantes ? Je regardais sûrement des stories totalement inintéressantes[1] d'ouverture de calendrier de l'Avent sur Instagram.

1. Donc captivantes…

— Pauline… Tu me fais peur, m'interrompt Estelle. Il se passe quoi ?

— Il se passe que ma vie est foutue, voilà ! Que tous les locataires de l'immeuble vont avoir accès aux images, même Jocelyne. Et si Jocelyne les voit, ça veut dire que toute la maison d'édition va le savoir. Il me faut un passeport, une destination lointaine, n'importe quoi qui m'envoie loin d'ici. Et vite.

— De quelles images est-ce que tu parles ? Pardon hein, mais on ne comprend pas un traître mot à ce que tu nous racontes. Je crois que hier, à la fête, tu as dû boire trop de champagne, m'assène Thibault.

— Ah ! ça, je te le confirme ! J'aurais dû m'en tenir au jus de goyave, tiens. Ça m'aurait sûrement évité de m'envoyer en l'air avec Hervé dans ce foutu parking, devant cette foutue caméra de vidéosurveillance ! me lamenté-je en désignant de la main l'objet qui va précipiter la mort de ma dignité.

Chapitre 3

12 h 30

— Tu as fait quoi ? s'exclame Estelle.

— Et surtout avec qui ? surenchérit Thibault. Hervé ? Le Hervé des Ressources humaines ? Ici, dans ce parking ? Je n'aurais jamais cru ça de toi.

Je crois déceler une étincelle d'excitation dans ses yeux. Ne me dites pas que le parking est à ajouter à la longue liste des fantasmes masculins, à côté de l'infirmière nue sous sa blouse !

— Oh, ça va, ne me dites pas que vous n'avez jamais fait ce genre de truc !

— M'envoyer en l'air dans un parking avec un assistant DRH ? Non, je ne crois pas avoir déjà fait ça. Avec un comptable une fois, mais c'était dans un lit, dans une position tout ce qu'il y a de plus traditionnelle. Je me souviens qu'il avait gardé ses chaussettes, quelle horreur. Il s'appelait Germain, si ma mémoire est bonne[1].

1. Pauvre Germain, faudrait voir à le laisser tranquille, maintenant…

— Avec un type qui bosse dans les Ressources humaines, ça passerait encore, mais avec Hervé ? s'interroge à nouveau Thibault. Hervé, c'est quand même le type le moins attirant de la boîte, non ? Enfin, pour ce que je peux en juger en tant que mec. En même temps, vous, les filles, êtes capables de vous extasier devant des mecs parfaitement quelconques, leur trouvant le charme de l'imperfection.

— Oui d'accord, j'avoue, le parking, Hervé, ce n'était pas la meilleure idée de ma vie. J'avais trop bu, et une chose en entraînant une autre… Enfin bref, j'ai déconné et tout ça a été filmé et sera accessible à tous les locataires, dont Jocelyne, dans une semaine, donc autant dire à la terre entière.

— Ça craint… Et nous, on pourra voir les images ? Ne me dites pas que c'est un début de rire que je devine chez Estelle !

— Franchement, ce n'est pas drôle ! Hein, Thibault, que ce n'est pas drôle ? Dis-lui, toi qui connais Jocelyne, que c'est une catastrophe.

— Bah écoute, présenté comme ça…

Thibault ne peut terminer sa phrase, gagné par le fou rire qu'Estelle ne parvient désormais plus à réprimer.

— Ne riez pas, c'est de ma vie et de ma dignité dont il s'agit là, pitié, ne riez pas ! Il nous faut un plan de bataille, on ne peut pas rester les bras croisés !

— Comment ça, « on » ? parvient à articuler Thibault en larmes.

— Eh bien oui, à quoi ça sert d'avoir des amis si ce n'est à me sortir d'un mauvais pas de vidéosurveillance ? Bon, j'appelle Joséphine et je lui demande de nous rejoindre au plus vite. J'espère qu'elle me sera d'une plus grande utilité que vous deux.

Apparemment, ma remarque n'a pas l'effet escompté, puisque Estelle et Thibault sont à présent totalement écroulés de rire.

— Tu as fait quoi ? s'étouffe à moitié Joséphine avec une gorgée de soupe miso, deux heures plus tard en mode *bis repetita*.

— Elle s'est envoyée en l'air avec Hervé dans le parking de son immeuble ! lui répondent en chœur Estelle et Thibault.

Nous sommes au complet dans mon appartement, attablés devant des sushis apportés par Joséphine. Oui, quand on lui demande de venir pour une réunion de crise, elle, elle débarque au bout de deux heures en ayant pris soin de passer par le traiteur japonais. Cela dit, vu que depuis 19 heures hier soir, je n'ai rien d'autre dans l'estomac que quelques petites quiches apéritives, largement brûlées par la partie de *sex on the wall* qui va foutre ma vie en l'air, mon estomac lui dit merci.

— Mais c'est génial ! Et quand est-ce qu'on peut voir ça ? Faudrait un grand écran et des pop-corn ! s'enflamme Joséphine.

— Non, ce n'est pas génial, et non, il est hors de question que vous regardiez quoi que ce soit.

— Pour une fois qu'on pouvait se marrer, se renfrogne Joséphine. Et donc le souci, c'est… ?

— C'est que dans sept jours, l'intégralité des locataires de cet immeuble va pouvoir se connecter sur un site Internet, créer un compte et visionner TOUTES les images de TOUTES les caméras.

— Ils en ont de la chance, eux…

— Et que parmi les locataires, il y a Jocelyne.

— C'est qui Jocelyne, déjà ? demande Estelle.

— Jocelyne c'est la standardiste de la maison d'édition. Et Jocelyne, c'est le genre de fille qui est au courant avant toi que tu as des hémorroïdes, lui répond Thibault.

— Voilà ! Autant vous dire qu'elle doit attendre la fin du délai légal de rigueur avec une impatience folle. Elle sera la première à créer son compte et à visionner les images.

— En mangeant du pop-corn, ajoute Joséphine.

— Probablement. Sauf que ça n'arrivera pas ! Je suis prête à tout pour que ça n'arrive pas.

— Et tu comptes faire quoi ? me demande Thibaut, visiblement anxieux de ma réponse. J'espère qu'il ne faudra pas que je me déguise en hot-dog, comme la dernière fois que tu as eu besoin de mon aide.

— Il n'y a pas trente-six solutions, ce serait un peu compliqué d'assassiner tous les locataires sans que personne ne s'en rende compte. Il n'y a donc qu'une issue possible, récupérer l'enregistrement chez le gardien.

— Un jeu d'enfant ! s'enthousiasme Joséphine. J'en suis.

— Tu es sûre que c'est légal d'enregistrer et de diffuser ces images, demande soudain Estelle. Parce qu'il te suffit peut-être d'envoyer une lettre recommandée ?

Estelle n'a jamais été la plus courageuse de nous quatre.

— Si je ne peux pas voir les images, ne m'enlève pas le plaisir de participer à une opération commando !

Je n'étais déjà pas là la dernière fois pour distribuer des tracts, déguisée en hot-dog.

— Rassure-toi, Joséphine, tu penses bien qu'avant de vous appeler tous les deux ce matin, dis-je à Estelle, j'ai commencé par vérifier les aspects juridiques. Et après cette fameuse réunion, ils nous ont fait signer tout un tas de documents dans lesquels j'ai renoncé à la protection de mes données dans le cadre des images filmées dans les parties communes de l'immeuble, images qui sont la propriété pleine et entière de l'entreprise de vidéosurveillance.

— Et tu as signé un truc pareil ?

— C'était noté dans les toutes petites lignes à la fin, tu sais, les phrases qu'il faudrait déchiffrer avec une loupe, tellement c'est minuscule. Franchement, qui prend soin de lire la totalité d'un document avant de noter « Lu et approuvé » ?

— Moi ! rétorque Estelle.

— Oui, bon, mais à part toi ? Personne ! Non, je te le dis, il n'y a vraiment aucune autre solution que celle d'effacer ces fichiers, qui doivent se trouver dans la loge du gardien – David.

— C'est sexy comme prénom. Il doit être mignon, affirme Joséphine.

— Je ne l'ai croisé qu'une ou deux fois, et franchement, je n'en ai aucune idée. Et puis, je m'en fiche un peu qu'il soit mignon ou pas. En ce moment, ça n'a vraiment pas d'importance.

— Si jamais tu es obligée *in fine* de coucher avec lui aussi, parce que les vidéos sont genre je ne sais pas, moi, enregistrées dans un fichier crypté, c'est toujours mieux s'il est mignon…

Joséphine adore les locutions latines, et utilise dès qu'elle le peut des *a fortiori*, *ad hoc*, *dixit* et autres *alea jacta est.* Elle considère que ça pose une personne.

— Mais je n'ai absolument pas l'intention de coucher avec lui ! J'ai trop de respect pour moi-même.

Même si les apparences, pour le moment, je l'admets, semblent contre moi.

Chapitre 4

19 décembre, 13 heures

Contre le mur, on était deux. Alors hier, alors que j'échafaudais avec Estelle, Thibault et Joséphine un scénario digne des plus grands studios hollywoodiens, j'en suis venue à la conclusion qu'il n'y avait pas de raison pour que je sois toute seule à devoir me sortir de là. Après tout, la dignité de mon partenaire de débauche sexuelle est en jeu aussi, raison pour laquelle j'ai également décidé de l'impliquer.

À 13 heures, je me poste discrètement sur le côté de la sortie et j'attends sagement Hervé. Il aurait été plus simple que je lui téléphone, sauf que je n'ai pas pris la peine de lui demander son numéro personnel (pour ce que j'aurais pu en faire…) et que l'appeler au boulot risquerait de déclencher des rumeurs et autres questionnements dont les gens sont friands. L'hypothèse que certains nous aient vus partir ensemble le soir de la fête de Noël suffira très largement à alimenter les commérages pendant plusieurs semaines.

Cela dit, maintenant que je suis là plus ou moins au pied du mur – une constante dans notre relation, on dirait – et que j'ai dû saluer de la main au moins trois collègues, je ne suis plus très sûre de la discrétion de ma planque.

Lorsque Hervé sort à son tour, je lui fais des signes pour attirer son attention, mais il a les yeux rivés sur son téléphone.

— Pssssst ! Hervé, pssssst ! Hervé, murmuré-je sans succès. Hervé ! je crie alors à moitié.

Au point où on en est, tant pis pour la discrétion.

— Pauline ? me demande-t-il, surpris, en relevant la tête de son portable (question accompagnée d'un sentiment de malaise, que l'on devine à la brusque pâleur de ses joues). Mais qu'est-ce que tu fais ici ? Tu n'es pas en vacances ? Oh ! non, tu es enceinte ? murmure-t-il soudain en regardant, affolé, tout autour de lui à l'idée que quelqu'un ait pu entendre.

— Alors, dis-je sur le même ton, soit tu n'étais pas très attentif pendant les cours de biologie, soit tu es ultraconfiant en tes capacités reproductrices. On a couché ensemble avant-hier soir, hein, donc biologiquement je ne pourrais pas savoir aujourd'hui que je suis enceinte. Et comme je prends la pilule et que tu as mis un préservatif, ce qu'à l'évidence tu as oublié, techniquement ce n'est pas possible non plus.

— Ah oui, c'est vrai, tu as raison, me répond-il visiblement soulagé. Je raconte n'importe quoi. J'ai eu une de ces peurs d'un seul coup, je me voyais déjà dans l'obligation de t'épouser, t'imagines la galère. Enfin bref. C'est que je n'ai pas l'habitude de faire… enfin tu sais quoi.

— Oui, bah justement, c'est au sujet de *tu sais quoi* qu'on a un souci. En fait, le parking de mon immeuble est sous vidéosurveillance, et comme nous étions juste à côté de la porte de sortie, nous étions aussi juste en face d'une des caméras.

— Je ne suis pas certain de comprendre, bafouille-t-il à moitié.

— C'est simple, toi et moi, on a été filmés en train de s'envoyer en l'air !

— Mais comment est-ce que tu le sais ?

— Parce que j'ai reçu un mail hier du gardien de l'immeuble m'informant que le système de vidéo surveillance était désormais opérationnel. D'ici sept jours, chaque locataire aura accès aux images qui ont été enregistrées.

— Merde, je suis désolé pour toi, répond Hervé avec un sourire qu'il voudrait contrit, mais sous lequel étrangement je devine autre chose, comme… de la fierté on dirait.

Nan, mais il déconne, là.

— Comment ça, tu es désolé *pour moi* ? Ne me dis pas que tu te fiches que ces images soient vues par au moins cinquante personnes ?

— On ne fait rien de mal, est-ce que c'est si grave que ça ?

C'est moi, ou je lis de l'excitation dans son regard ? Je rêve, là : le Hervé, il n'est pas du tout horrifié par cette vidéo, en fait ! Il se dit que grâce à elle il va passer pour un tombeur aux yeux de ses congénères masculins.

Est-ce que c'est le bon moment pour mon argument massue ? Oui, je crois que c'est pile le bon moment.

— Jocelyne vit dans le même immeuble que moi. Jocelyne, tu vois de qui je parle ? Je n'ai pas visionné la bande, hein, mais vu ce qu'on avait bu et ce dont je me souviens, je ne suis pas certaine que ça te fasse une réputation de *lover*. À mon avis, on sera plutôt en mode à peine trois coups de rein, et hop ! on remballe.

Dans son regard, l'excitation a cédé la place à de la panique.

— Et donc, on fait quoi ?

Je préfère nettement cette réaction à la précédente.

— On va pénétrer par effraction dans la loge du gardien, trouver les fichiers et les effacer.

S'il ne tenait pas à son image de marque, je crois qu'Hervé tournerait de l'œil.

Chapitre 5

Opération commando heure H

Il est pile 17 heures, quand Joséphine et Hervé sonnent à ma porte. Une telle ponctualité m'impressionne toujours.

En ce qui me concerne, je suis perpétuellement en retard, même si toutes mes montres et pendules avancent de cinq bonnes minutes. Le problème, c'est que je le sais, alors quand je les regarde, je me dis que je suis large, et hop, irrémédiablement les minutes filent et je dois d'un coup enfiler mes chaussures, tout en finissant ma tartine beurrée d'une main et en me coiffant de l'autre. Je ne compte plus le nombre de fois où j'ai croqué dans ma brosse et étalé de la confiture de cerise sur mes cheveux.

J'ai donc accepté d'être celle qui arrive toujours la dernière ou qui loupe le début du film. Certains diront que c'est ce qui fait mon charme. Ma mère, elle, me répète inlassablement depuis au moins quinze ans que je serai même en retard le jour de mon enterrement. Ce qui, soit dit en passant, m'importe peu : quitte à mourir, autant faire attendre l'assistance.

J'ouvre ma porte et jette un coup d'œil dans le couloir pour vérifier que personne ne les voit entrer. Depuis que je suis levée, je me sens dans la peau d'un agent secret missionné pour dérober les joyaux de la Couronne.

— Qu'est-ce que tu fais ? me demande Joséphine

— Je vérifie qu'on ne vous a pas suivis. Ça compromettrait une bonne partie du plan.

Mon amie éclate de rire, me montrant s'il en était besoin à quel point elle prend au sérieux cette mission périlleuse où se joue ma dignité.

— Moi, c'est Hervé, se présente Hervé en tendant la main à Joséphine.

— *Le* Hervé ?

— Oui, tout à fait ! se rengorge-t-il.

— Enchantée, roucoule-t-elle.

Ne me dites pas qu'il lui plaît ? J'y suis, c'est juste le coup du sexe contre le mur. Je regrette un instant de ne pas avoir demandé à Estelle de venir. Sauf qu'Estelle est au mensonge ce que Donald Trump est à la culture : son opposé.

Hervé est tout sourire.

— Bon, bon, asseyez-vous, que je vous récapitule le plan. Toi, Joséphine…

— Présente ! s'exclame mon amie en levant la main.

— C'est sérieux là, Jo ! Ma vie dépend de ce qui va se passer dans les prochaines minutes. Enfin, peut-être pas ma vie, mais tu vois… Donc toi tu vas faire sortir David de sa loge et l'éloigner aussi longtemps que possible, afin qu'Hervé et moi on s'introduise chez lui pour effacer les enregistrements.

— Le faire sortir. L'éloigner. Compris, chef ! Et dire que mes parents ont toujours pensé que tout cet argent dépensé pour le cours Florent était inutile ! Dommage qu'ils ne soient pas là pour assister à mon premier grand rôle.

— Tu as fait le cours Florent ? m'étonné-je. Tu ne me l'avais jamais dit.

— Eh ! oui. Il y a tellement de choses que vous ignorez sur moi ! Tu vas bientôt découvrir toute l'étendue de mon talent, et j'espère que tu sauras l'apprécier à sa juste valeur.

— Oui, bon, essaie de ne pas en faire trop, quand même. Il ne faut pas qu'il se doute de quelque chose, lui dis-je, à moitié rassurée. Ne me fais pas regretter d'avoir laissé Estelle hors du coup.

Un quart d'heure plus tard, une fois que chacun sait ce qu'il a à faire, nous rasons les murs à la queue leu leu[1] dans le couloir qui mène à la loge.

— C'est OK pour toi, Joséphine ? chuchoté-je. Et surtout, n'oublie pas, tiens-le éloigné le plus longtemps possible. Je ne sais pas trop combien de temps il va nous falloir pour crocheter sa serrure.

Même si j'ai regardé plusieurs vidéos ce matin sur YouTube, je ne suis pas certaine, en effet, de trouver d'emblée le bon enchaînement avec mon épingle à cheveux.

Joséphine, les yeux fermés, les mains jointes devant elle, s'adonne à des exercices de respiration.

— Mais qu'est-ce que tu fous ? On n'a pas toute la vie, je te signale, quelqu'un pourrait débarquer à tout moment et tout fiche en l'air.

---

1. À la queue leu leu, à à à la queue leu leu lalalalalalala…

— Tu permets ? Je me mets dans la peau du personnage. Une bonne comédienne se prépare toujours à entrer en scène.

Mon Dieu, j'ai ressuscité Sarah Bernhardt. Enfin, à quelque chose près…

Hervé, quant à lui, se tient derrière moi, pâle comme un linge, dans un silence absolu. Tu parles d'une équipe ! Enfin, Joséphine s'élance dans le couloir pour la phase 1, après un *Alea jacta est* déterminé.

Arrivée devant la porte de David, elle s'écroule en poussant un cri à pulvériser les vitres.

— Aïïïïïe ! Au secours, à l'aide ! hurle-t-elle en se roulant par terre.

J'entends une porte s'ouvrir et risque discrètement un œil. C'est bien David, le gardien.

— J'ai mal, j'ai mal ! s'égosille Joséphine telle une Lara Fabian dans son micro. Emmenez-moi à l'hôpital ! Je ne sens plus ma jambe, je suis sûre d'être paralysée !

Je le savais, pourtant, que c'était une mauvaise idée de mobiliser Joséphine. Elle perd ses nerfs rien qu'en jouant au Uno.

— Respirez lentement, lui enjoint David, et expliquez-moi ce qui vous est arrivé.

— Eh bien, je marchais dans votre couloir, après avoir rendu visite à mon arrière-grand-tante, et soudain j'ai senti mon pied qui partait en arrière comme ça, explique Joséphine en accompagnant son histoire d'amples gestes descriptifs.

— Votre pied est parti en arrière ? Vous en êtes certaine ?

— Bien sûr que j'en suis certaine ! J'étais là, je peux témoigner de ce qu'il s'est passé.

— Hum.

— Quoi, hum ? Vous savez mieux que moi, peut-être ? réplique-t-elle, vexée que l'on puisse mettre en doute la véracité de sa chute, et donc ses talents de comédienne.

Joséphine, Joséphine, Joséphine. Le plan ! Tiens-t'en au plan, essayé-je de lui transmettre mentalement. Là, tu vas nous le fâcher.

— C'est juste que si votre pied était parti en arrière comme vous le dites, il le serait toujours. Les pieds n'aiment pas vraiment les rotations externes de ce type. Montrez-moi ça…

Ne me dites pas qu'il a été pompier…

— J'ai été pompier bénévole pendant plusieurs années pour la caserne de mon village.

Eh bien si, dites-le-moi.

Je vois David attraper le pied de Joséphine et commencer à le manipuler.

— Je ne crois pas qu'il y ait quoi que ce soit de cassé, reprend-il, essayez de vous mettre debout, pour voir.

Trouve quelque chose Joséphine, n'importe quoi, l'imploré-je silencieusement.

— J'ai la tête qui tourne, dit-elle tout à coup. Je vais vomir, oui, c'est ça, je crois que je vais vomir. J'ai dû me faire un traumatisme crânien en tombant.

— Un traumatisme crânien ?

— Oui. Je m'en rappelle très bien maintenant, ma tête a heurté le sol. Il faut m'emmener à l'hôpital pour faire des examens. N'importe quel pompier sait ça, non ?

— En cas de traumatisme crânien avéré…

— Vous ne seriez pas en train de me traiter de mythomane ? Si ça se trouve, je fais une hémorragie cérébrale, et nous perdons un temps précieux.

C'est moi, ou elle est sérieuse ? Ah non, ce n'est pas moi. Et elle est on ne peut plus sérieuse. Au point qu'après avoir brièvement oublié son pied retourné, elle semble s'en souvenir *in extremis* et s'écroule dans les bras de David.

— Je souffre, faites vite, emmenez-moi à l'hôpital implore-t-elle, aussi crédible qu'Emmanuel Macron se régalant d'un cordon bleu.

— Je vais peut-être aller prévenir votre arrière-grand-tante ?

— Qui ça ?

— Votre arrière-grand-tante. Vous m'avez dit que vous sortiez de chez elle avant de tomber.

— Ah oui, c'est vrai. Vous voyez, je fais une amnésie post-rétrograde consécutive au choc ! réplique-t-elle, non sans une pointe de fierté pour cette belle expression médicale, totalement inventée sans doute, mais qui en jette. Quand je vous dis que c'est urgent, il faut que nous y allions toute de suite. Mon arrière-grand-tante doit sans doute déjà dormir, et…

— À 17 h 30 ?

— C'est qu'elle est très, très vieille.

S'il avale un truc pareil, je promets de ne plus jamais m'envoyer en l'air dans un parking, je le jure sur la tête d'Hervé, qui justement se tient toujours parfaitement immobile derrière moi. Tant et si bien que je me sens obligée de vérifier que sa poitrine se soulève encore.

— Très bien, soupire David, laissez-moi prendre mes clés, et je vous emmène.

Alors qu'il disparaît momentanément chez lui, Joséphine se tourne vers moi, les pouces levés, visiblement très fière de ses talents. Je sens que je vais en entendre parler pendant des années. Elle a tout juste le temps de se recomposer un visage grimaçant de douleur pour cause de fracture du pied et de traumatisme crânien, avant que David ne ressorte.

— On y va, lui dit-il.

J'attends quelques minutes, histoire d'être sûre qu'ils ont bien quitté l'immeuble, puis je me précipite devant la porte et sors mon épingle à cheveux.

— À toi de jouer maintenant, ma petite Pauline, m'encouragé-je à voix haute.

Je tourne la tête pour regarder si Hervé m'a suivie, mais il est toujours prostré au même endroit.

— Hervé ! l'appelé-je sèchement.

Nan, mais quel mollusque. Je me suis tapé un type dans un parking pour la première fois de ma vie, et il a fallu que ce soit lui. J'ai dû faire quelque chose de très moche dans une vie antérieure, que je paie aujourd'hui. Comme égorger des poussins ou dépecer des chatons aux yeux bleus.

Hervé s'anime soudain et me rejoint.

J'enfonce l'épingle dans la serrure et tente de faire coulisser un truc dans un machin, comme sur YouTube. Sauf que je ne sens aucun truc qui coulisse ni aucun machin. Me voilà bien. Derrière moi, j'entends Hervé murmurer quelque chose. Je stoppe un instant ma tentative d'effraction, que je sais maintenant perdue d'avance, pour comprendre ce qu'il baragouine

— Tu peux le faire Hervé, vas-y, tu peux le faire. Tu peux le faire Hervé, tu sais que tu peux le faire.

J'ai l'impression d'avoir déjà entendu ça quelque part. Mais quand ? Je cherche quelques secondes, et suis tout à coup de retour dans ledit parking…

— Ne me dis pas que… Mais si, c'est ça ! L'autre jour, tu t'encourageais ? m'exclamé-je, un peu vexée.

Si je n'étais pas accroupie devant une serrure, les muscles des jambes tétanisés, je crois que j'éclaterais de rire. Que ça te serve de leçon, ma petite Pauline : les fêtes de Noël du bureau, plus jamais !

Je me concentre à nouveau sur mon objectif. Ça ne doit pas être sorcier, quand même. Dans « Koh-Lanta », ils font du feu avec deux bouts de bois et de la paille séchée, je vais bien réussir à ouvrir une stupide porte avec une épingle à cheveux !

— Vous avez besoin d'aide ?

— À part si vous trouvez la clé quelque part, je ne crois pas que…

Et.

Merde.

Lentement, je me retourne et lève les yeux. L'espoir qu'il s'agisse d'Hervé est mince, mais il subsiste. Hélas, c'est David qui se tient derrière nous, les bras croisés.

À quelques mètres, j'aperçois Joséphine qui s'enfuit quatre à quatre sans demander son reste. Le cours Florent, hein ?

Je n'avais jamais vraiment regardé David jusqu'ici, et ne peux m'empêcher de le dévisager. Il est plutôt grand, et pour ce que je peux en juger avec ce tee-shirt près du corps, plutôt bien foutu. Châtain, cheveux courts, yeux bleus, rasé de frais, peau sans défaut…

Chose étrange, il semble bien plus amusé qu'agacé.

Je lui adresse mon plus beau sourire contrit.

— Il fait beau, hein, pour un mois de décembre ?

Chez le coiffeur, cette réplique sauve toujours…

— Je peux faire quelque chose pour vous ?

Apparemment, ça ne fonctionne que chez le coiffeur…

Chapitre 6

Échec opération commando, heure H + 15 minutes

— Je peux faire quelque chose pour vous ? réitère-t-il devant mon absence de réponse.

Je me redresse lentement, histoire de trouver une réponse intelligente à lui apporter. Hélas, comme je ne mesure pas douze mètres, et que je ne peux pas non plus prendre deux heures pour me remettre debout, je n'ai rien d'autre que :

— On peut entrer ?

J'ai employé le « on » pour inclure Hervé, avant de constater que celui-ci s'est carapaté sans demander son reste. Il mériterait, lui, que la vidéo soit diffusée sur Internet !

David m'accorde un demi-sourire, puis ouvre la porte avec une clé et me fait signe de le suivre à l'intérieur.

À la différence de mon appartement, sa loge est impeccablement rangée. La bordélique en moi salue la compétence. Mais comment font les gens pour que chaque chose ait sa place ? Et que cette place ne soit pas la même pour tous les trucs de l'appartement, comme la table basse du salon ou le plan de travail de la cuisine ?

Je le suis jusqu'à une petite pièce située à droite de l'entrée. Là où moi j'ai installé des rayonnages entiers de chaussures, de sacs à main, de parapluies et autres accessoires, lui a aménagé un petit bureau avec des étagères remplies de dossiers en carton, ceux qu'on achète tout plats et qu'on doit mettre en forme.

— Asseyez-vous, me dit-il en me désignant un petit tabouret placé à côté du bureau, pendant qu'il s'installe sur le fauteuil en cuir qui trône devant sa table de travail. Alors, dites-moi ce que vous faisiez avec votre ami devant ma porte ? Rien d'illégal, évidemment ?

— Évidemment. Et ce n'est pas mon ami. C'est l'assistant du directeur des Ressources humaines de la société dans laquelle je travaille. Parce que si c'était un ami, je n'en serais pas là aujourd'hui. Enfin bref… Disons que j'ai un problème et que j'espérais pouvoir le résoudre en…

— Entrant par effraction dans ma loge ?

— Oui, enfin pas vraiment par effraction, et surtout on n'avait pas l'intention de voler quoi que ce soit ! Juste d'effacer quelque chose…

— D'effacer quelque chose ?

— Oui.

Au point où j'en suis, autant tout lui dire. Et compter sur sa gentillesse. Il a l'air sympa, non ?

— C'est à cause du mail que vous nous avez adressé l'autre jour. Celui qui nous informe de la mise en service de la vidéosurveillance. Il se trouve que ce soir-là, je rentrais de la fête de Noël du bureau, et… Vous savez ce que c'est que ce genre de fête, non ?

Personne n'a envie d'être là, on reçoit des cadeaux pourris, on boit jusqu'à en oublier son propre prénom et on s'envoie en l'air dans un parking avec l'assistant du DRH…

— Vous avez fait quoi ?

Suis-je condamnée à entendre cette réplique éternellement ? Apparemment, oui.

— Vous savez ce que c'est, le désir qui vous submerge et on ne pense plus à rien. Avouez que vous avez vous aussi déjà fait ce genre de choses avec une fille ? Ou avec un garçon, bien entendu.

— Je ne suis pas très fan des parkings en ce qui me concerne. C'est un peu lugubre non, pour du sexe ? Mais bon, chacun fait ce qu'il veut. Et tout cela ne me dit toujours pas ce que vous faisiez devant ma porte.

— Il se trouve qu'il y a une caméra dans le parking, et disons qu'elle est dirigée pile sur l'endroit où… enfin bref je ne vous fais pas un dessin. Et comme vous nous l'indiquiez dans le mail, dans sept jours…

— … Tous les locataires auront accès aux images. C'est ennuyeux, en effet.

— Voilà.

Je me détends, je sens qu'il va me proposer de lui-même d'effacer l'enregistrement. Il n'y avait finalement pas d'inquiétude à avoir. Je vais pouvoir profiter sereinement de mes vacances et oublier toute cette histoire. Si j'avais su que ce serait aussi facile…

Sauf qu'à y regarder de plus près, David n'a pas vraiment l'air ennuyé. Il a même l'air de beaucoup s'amuser.

Il se rapproche de son ordinateur, le démarre, ouvre des dossiers, rentre des tas de mots de passe puis clique sur une vidéo et mes yeux ne peuvent se détacher des images.

Le moins que l'on puisse dire, c'est que la caméra était en effet parfaitement bien placée et n'a pas raté une miette de cette partie éclair de dos sur le mur. Comment ça, partie éclair ?

— Quoi ? Seulement 2,19 minutes ! m'exclamé-je. Mais quel escroc ! Je risque ma dignité pour quoi, à peine une minute de sexe ! J'aurais dû me douter qu'on ne pouvait pas faire confiance à un Hervé.

Je repense à Joséphine, qui était partante pour regarder cette vidéo avec du pop-corn. Et je me dis que le plus rapide des spectateurs n'aurait pas le temps d'en acheter un pot avant la séance.

En face de moi, David ne peut masquer son amusement.

— Ça vous fait rire ?

— Oui, beaucoup, j'avoue. Franchement, si c'était une autre fille que vous, vous rigoleriez aussi, non ?

— Sauf que c'est moi sur les images. Vous allez effacer ça, n'est-ce pas ?

— J'aimerais pouvoir, mais je crains que ce soit impossible. Les images ne m'appartiennent pas, j'ai uniquement accès aux fichiers et elles sont ensuite envoyées automatiquement sur la plateforme partagée. Mais probablement que personne n'ira les voir.

On voit bien qu'il ne connaît pas Jocelyne.

— Je suis prête à faire n'importe quoi pour que vous effaciez ces images. Enfin, sauf des trucs qui font mal ou porteraient atteinte à mon honneur ou qui m'obligeraient à coucher avec vous ou avec quelqu'un d'autre, cela va sans dire, ne puis-je m'empêcher d'ajouter, au cas où. Je pourrais, je ne sais pas moi, venir arroser vos plantes pendant un mois, ou alors vous chanter une berceuse tous les soirs pour vous aider à vous endormir. Ça tombe bien, je suis en vacances, je ne fais rien de spécial pour Noël, donc j'ai du temps. Il y a forcément quelque chose que je pourrais faire pour vous.

— Je suis vraiment désolé mais je ne peux rien pour…

La sonnerie de son téléphone l'interrompt. Tout en décrochant, il me fait signe de patienter. Je caresse l'espoir qu'il s'éloigne et me vois déjà me jeter sur l'ordinateur et le détruire à coup de pelle. Sauf que je n'ai pas de pelle.

Et qu'il ne s'éloigne pas.

— Oui, maman ?

La conversation dure quelques minutes, ponctuée de *mais oui, je n'oublie pas*, *évidemment que j'ai hâte*, et autres *je ne louperais cette semaine pour rien au monde, tu le sais bien, bien sûr, vous me manquez tous*, le tout sans grande conviction, je dois le dire.

Une fois qu'il a raccroché, je ne le laisse pas poursuivre dans la direction vers laquelle il s'engageait et récupère la parole.

— Il y a forcément quelque chose que je pourrais faire pour vous ? Tout le monde a besoin qu'on lui rende un service, non ?

— Je comprends que vous soyez ennuyée par cet enregistrement, et si je le pouvais, je…

Soudain, il s'arrête et paraît réfléchir.

— Il y a deux minutes, vous m'avez dit que vous n'aviez rien de spécial de prévu pour Noël, c'est ça ?

— Oui…

J'ai l'impression de voir les rouages de son cerveau se mettre en action. Ne me dites pas que c'est un fétichiste de Noël, et qu'il va me proposer de coucher avec lui déguisé en père Noël ?

— Ça vous dirait de passer quelques jours à la montagne avec moi, dans ma famille ?

Chapitre 7

Après trois minutes de silence…

J'attends un éclat de rire, un *je vous ai bien eue, poil au merlu*, mais rien ne vient. Visiblement, il est tout à fait sérieux.

— Comment ça, venir quelques jours avec vous dans votre famille ?

— Chaque année, je passe les fêtes dans le chalet familial à Santa-les-Deux-Sapins[1]. C'est un petit village perdu dans les montagnes. Noël, disons, tient une place très importante dans ma famille, et plus particulièrement pour ma mère. Je me dis que je pourrais peut-être y aller accompagné, pour une fois, peut-être que ce serait moins pénible. Et comme vous dites n'avoir rien de spécial de prévu pour les prochains jours…

J'en reste sans voix pendant quelques secondes.

— Vous voulez que moi, je parte en vacances avec vous, alors que je vous connais depuis cinq minutes ? Et en plus dans votre famille, pour passer les fêtes de

1. Ça sonne mieux que Jouy-le-Moutier, non ?

Noël ? Dans un village dont vous avez, à mon avis, complètement inventé le nom ?

— Santa-les-Deux-Sapins existe. Vous n'aurez qu'à vérifier sur Google. C'est vous qui venez de dire que vous étiez prête à faire n'importe quoi pour cette vidéo. Je n'ai pas d'enjeu, moi, dans cette histoire. Je risque même d'avoir de sérieux ennuis, comme perdre mon boulot, si je touche à ces enregistrements.

— Avouez quand même que c'est bizarre de me proposer un truc pareil ? Attendez, ce coup de fil que vous venez de recevoir, c'était votre mère, non ? Ça y est, j'y suis ! Elle vous a appris qu'elle ne vous confiera pas les rênes de l'entreprise familiale de sapins de Noël si vous n'êtes pas marié avant le 31 décembre ! Et c'est pour ça que vous avez besoin de moi.

J'éclate de rire et poursuis :

— Ah ! non, non, j'ai mieux ! Vous n'avez pas rempli votre dossier de visa dans les temps, et si jamais vous ne vous mariez pas d'ici trois semaines, vous serez expulsé, comme Sandra Bullock dans *La Proposition* ?

Je peine à finir ma phrase, tellement je ris.

— Rien de tout ça, juste une famille un peu envahissante. Vous venez de dire que tout le monde avait besoin qu'on lui rendre un service, et là, tout de suite, c'est le seul auquel je pense. Mais loin de moi l'idée de vous imposer quoi que ce soit.

— Il n'y a vraiment rien d'autre ? Les berceuses, c'était sympa, la proposition des berceuses, non ?

— Je m'endors en vingt secondes une fois la tête posée sur l'oreiller. Vous n'auriez même pas le temps de chanter « Frère Jac… » que je serais déjà dans les bras de Morphée.

— Bon…

Je garde le silence pendant quelques secondes pour réfléchir à cette proposition inattendue.

— Et si je viens, vous effacerez les fichiers ?

— J'essaierai en tout cas, oui, je vous le promets. Mais je ne pourrai rien faire tant qu'ils ne seront pas déposés sur la plateforme partagée.

Mes yeux se posent sur les images avec Hervé qui se sont figées. Je sens d'ici l'odeur du pop-corn qu'est sûrement en train de préparer Jocelyne pour le grand jour.

— Et vous oublierez cette petite tentative d'effraction de rien du tout ?

— Elle continuera à me faire rire dans mes moments de déprime, mais ça s'arrêtera là.

— Où m'avez-vous dit que vivait votre famille, déjà ?

— À Santa-les-Deux-Sapins.

Quand je vais raconter ça à Estelle, Jo et Thibault…

Dans ma tête, quelques notes de musique retentissent déjà…

You'd better watch out
You'd better not cry
You'd better not pout
I'm telling why
Santa Claus is coming to town

Misère…

Chapitre 8

18 heures

De retour chez moi, je tape Santa-les-Deux-Sapins sur Google, juste comme ça, histoire de vérifier. Non pas que ça m'intéresse ou que j'en aie quelque chose à fiche mais, bon sang… il avait raison, il existe ce patelin !

Santa-les-Deux-Sapins est un petit village de montagne niché dans une forêt à 2 500 mètres d'altitude. Population : 400 habitants. Spécialité locale : Noël.

Sceptique, je fais défiler les images associées à la recherche. Des sapins, de la neige, des chalets avec des guirlandes, forcément, mais aussi des photos de gens portant des pulls de Noël… Si la famille de David vit vraiment dans cet endroit, je comprends qu'il n'ait pas une folle envie d'y aller. C'est fou ce que cette fête peut générer de passion et d'engouement.

Je ne dis pas que je n'aime pas Noël, il ne faut pas non plus exagérer, mais de là à parler de la magie de Noël, il y a quelque chose qui m'échappe. Des parents qui achètent des cadeaux pour leurs enfants, cela ne relève d'aucune magie, si ce n'est celle de la carte bleue et du compte en banque. Pour ma part, j'ai toujours su que le père Noël était une invention, mes parents étant convaincus que le plus important dans l'éducation d'un enfant, c'était la vérité. Je ne m'en plains pas, ça m'a épargné toute cette niaiserie de lettres au père Noël, de verres de lait et de biscuits au pied du sapin.

J'ouvrais mes cadeaux le 24 décembre juste après le repas, je me couchais vers 22 heures, et hop ! on passait à autre chose. J'étais bien plus excitée par l'approche de mon anniversaire et la liste des copines que j'allais pouvoir inviter pour le goûter.

Je referme mon ordinateur, quand quelqu'un toque à la porte.

— Alors ? m'apostrophe Joséphine, entrant en trombe. Comment ça c'est fini ? Je suis désolée, j'ai fait tout ce que j'ai pu, mais c'est un coriace, ton David, il est absolument insensible à l'art ! Hervé n'est pas là ?

— Non, il a pris ses jambes à son cou. Et si tu veux tout savoir, il y a bien un enregistrement de moi en train de… Bref, je préfère supprimer les images de ma mémoire. D'autant que David a accepté de les effacer de la plateforme, une fois qu'elles y seront.

— Ah oui ? Rien qu'en le lui demandant ?

— Ç'aurait été trop beau. Il a fallu que je le supplie et que je lui dise que j'étais prête à faire n'importe quoi pour lui. Et tout ça va me conduire à passer la semaine de Noël avec lui dans sa famille, dans un chalet perdu dans les montagnes, dans un village qui a érigé Noël en religion locale. Tu y crois, toi, à une horreur pareille ?

— C'est ce qu'il t'a demandé en échange ? Rien d'autre ? Pas de truc tordu ou qui te conduirait dans son lit ? Cela dit, il est plutôt mignon, dans un autre contexte, ça pourrait être agréable.

— Non, rien d'autre. J'aurais préféré, d'ailleurs. Parce que tu n'as pas bien dû entendre : une semaine à la montagne avec des gens que je ne connais pas, et qui ont l'air de cinglés de Noël.

— Brrrr, tu as raison, ça fait froid dans le dos. Un chalet, de la neige, des cookies et du chocolat chaud, c'est pire qu'un film d'horreur d'après un roman de Stephen King !

— Moque-toi. Je vais devoir partir avec un type dont je ne connais que le prénom et sa passion pour le rangement, dans un trou paumé, avec des gens qui portent des guirlandes électriques autour du cou !

— Arrête, ça doit être sympa, la montagne, en cette période de l'année.

— Mais je n'en doute pas ! Même si j'aurais préféré le soleil des Seychelles. Le souci, ça n'est pas le lieu, mais les gens, des gens que je ne connais pas. Si ça se trouve, David fait ça chaque année. Ni vu, ni connu, il emmène une fille chez les foldingos de Noël pour en faire offrande au dieu Santa Claus, et la fille, on ne la revoit plus jamais. Mon Dieu, ils vont me faire cuire comme une dinde de Noël !

— Il faudrait une très grosse broche, et beaucoup de marrons et de bûches.

Impossible de garder son sérieux avec Joséphine. Malgré moi, j'éclate de rire.

— OK, j'exagère un peu. Mais Santa-les-Deux-Sapins, avoue que ça a un petit côté flippant.

— J'en frémis…

— Ça t'arrive de voir les choses du mauvais côté, parfois ?

— Laisse-moi réfléchir… Non, jamais ! Et comment tu le trouves, ce David ?

— Pas mal, plutôt mignon oui, mais ça ne change rien.

— Ça change tout, au contraire. Des vacances à la montagne avec un type mignon, en échange d'un enregistrement de sexe dans un parking glauque ? Je me demande bien qui est gagnante dans l'histoire…

Chapitre 9

20 décembre, 11 h 30

J'ai eu beau retourner ça dans tous les sens, je ne vois pas comment me sortir de cette situation sans passer par la case séjour en famille. J'ai toujours l'espoir que d'un coup l'enregistrement disparaisse, et que mon programme de vacances à base de glandouille reprenne ses droits. Mais la probabilité que ça se produise est au moins aussi forte que celle de voir Nabilla soutenir une thèse de physique quantique.

Bien sûr, je pourrais ne rien faire et me résigner à ce que l'immeuble ait accès aux images, qu'il ne s'agisse que d'une séquence vidéo parmi les dizaines mises sur la plateforme, et qu'elle soit détruite au bout d'un mois… Oui, je pourrais. Sauf que j'en suis incapable.

Ça peut vous suivre des dizaines d'années, un truc pareil. Il n'y a qu'à voir les émissions de télévision dans lesquelles on ressort aux invités leur tenue et leur coupe de cheveux moches datant de trente ans auparavant. Imaginons que je devienne célèbre un jour. Non pas que j'aie le moindre risque de le devenir, mais imaginons, sur un malentendu, que je sois sur un plateau de télé, et que je voie apparaître sur les écrans les images de moi bourrée et d'Hervé s'encourageant… J'en ai des sueurs froides.

Non, vraiment, impossible de me résigner. Mon salut passera donc par Santa-les-Deux-Sapins.

J'ai laissé un message à David afin de l'inviter à déjeuner et d'en profiter pour poser les règles du jeu des jours à venir.

Pourquoi Hervé ne m'a-t-il pas sauté dessus dans sa voiture ? Pas vus, pas pris, 2,19 minutes sur la banquette de sa Peugeot, et hop, on n'en parlait plus !

Depuis ce matin, je m'affaire derrière les fourneaux. Je ne suis pas un cordon bleu, mais je me débrouille. Mes grands-parents tenaient un restaurant et j'ai passé une partie de mon enfance dans la cuisine. Ils travaillaient tous les deux en parfaite harmonie, selon une véritable chorégraphie qui m'a toujours fascinée. Je crois qu'ils espéraient que mon père, leur fils unique, prenne le relais pour ensuite me transmettre l'affaire familiale, mais ça ne s'est pas fait. Le restaurant est fermé depuis quelques années maintenant, et c'est toujours avec une pointe de nostalgie que je passe devant l'épicerie qui l'a aujourd'hui remplacé.

Au menu de ce midi, j'ai prévu un risotto aux truffes, une salade chèvre et noix, et pour le dessert, mon arme fatale qui vous fait prendre un kilo rien qu'en la regardant : un brownie double-chocolat, dont le secret consiste à parsemer la pâte de petits morceaux de cookies.

Juste avant qu'il n'arrive, je dresse la table et jette un regard satisfait sur l'ensemble de la pièce à vivre de mon appartement. Tout est en ordre. Il ne faudrait pas qu'il demande à visiter, vu que j'ai balancé en vrac sur mon lit tout ce qui traînait dans la pièce. C'est ce que j'ai coutume d'appeler le « rangement à la Pauline », rapide et efficace.

Tout est donc prêt lorsqu'il sonne et que je lui ouvre la porte.

— Bonjour ! lui lancé-je, un poil trop enthousiaste pour être honnête. Je veux dire bonjour, je reprends sur un ton un peu plus normal.

— Bonjour à vous…

Il paraît aussi à l'aise qu'un sein entre deux plaques en Plexiglas lors d'une mammographie. Je le fais entrer et lui désigne l'une des chaises.

— Alors, si je vous ai demandé de venir, c'est pour que nous déterminions les règles de notre futur voyage.

Je lui sers sans attendre une portion de risotto, qu'il respire avec un semblant d'inquiétude.

— J'espère qu'après avoir tenté d'entrer chez moi par effraction, vous n'avez pas l'intention de m'empoisonner ?

— Je ne vois pas du tout à quoi vous faites allusion, répliqué-je. Je ne fais jamais rien de contraire à la loi ou aux bonnes mœurs. L'autre jour, c'était un accident de parcours…

Apparemment rassuré, il commence à manger.

— C'est délicieux ! s'exclame-t-il presque aussitôt, la bouche à moitié pleine. C'est vous qui avez cuisiné ça ?

— Oui, c'est moi, pourquoi ?

— Je ne sais pas, je me disais juste que…

— Qu'une fille qui s'envoie en l'air dans un parking est incapable de faire cuire un œuf au plat, c'est ça ?

J'ai répliqué du tac au tac sans prendre le temps de tourner ma langue sept fois dans ma bouche. Ma grand-mère me le répétait sans cesse, pourtant. Mais sept fois, c'est beaucoup trop long. Au bout d'une fois, j'en ai déjà marre. Sans compter qu'on a l'air passablement ridicule ! Si, si, essayez devant un miroir et vous verrez. Alors, sept fois !

Il me regarde, puis éclate de rire.

— Je crois que nous partons sur un mauvais pied. Sans jeu de mots, bien entendu. C'est juste que je ne vous voyais pas cuisiner du risotto à la truffe, c'est tout. Rien à voir avec le parking.

— Mes grands-parents étaient tous les deux cuisiniers, et disons que j'aimais bien les regarder faire. J'ai appris un truc ou deux, à force.

— Peut-être que vous pourrez donner la recette à ma mère lorsque nous serons au chalet. Vous devriez vous entendre à merveille, elle aussi adore cuisiner, me dit-il avec un grand sourire.

Je le coupe assez froidement :

— Vous m'avez dit hier que ce serait peut-être moins pénible d'aller voir votre famille accompagné. Je me demandais pourquoi vous n'y emmenez pas votre petite amie, dans ce cas.

— Tout simplement parce que je n'ai pas de « petite amie », comme vous dites. Et si j'en avais une, l'y emmener sonnerait sans doute la fin de notre relation.

— Pourquoi ? *A priori*, toute petite amie, femme, chérie serait ravie de passer Noël à la montagne non ?

— Ça fausserait le message. Après ces quelques jours, immanquablement elle penserait qu'un cap a été franchi, elle ferait des projets, elle envisagerait que l'on vive ensemble, qu'on se marie, voire qu'on ait des enfants. L'éternel trip du prince charmant.

Je m'étouffe à moitié avec ma bouchée de risotto.

— Je n'ai jamais rien entendu d'aussi sexiste ! Pardon, hein, mais au risque de vous décevoir, toutes les filles ne rêvent pas d'un prince charmant. Toutes les filles ne pensent pas qu'à une seule chose le matin en se levant : se faire passer la bague au doigt. Il y en a beaucoup qui n'ont pas envie de tout ça, qui apprécient leur autonomie, et pour qui la vie à deux ne représente pas une fin en soi, des filles qui…

— S'envoient en l'air dans des parkings souterrains avec des assistants DRH ?

— Voilà, oui. Des filles qui… Mais non ! Ça, c'est déloyal comme attaque. Ce n'est arrivé qu'une seule fois et ça ne se reproduira pas. Alors, si vous pouviez arrêter de ne me voir que sous cet angle-là…

— J'ai pourtant les images bien en tête, me dit-il avec un clin d'œil. Il suffit que je ferme les yeux un instant…

— Autant d'humour pour un seul homme c'est incroyable. Ça ne se voit pas, là, mais intérieurement je me roule par terre, tellement je ris.

— OK, j'arrête. Promis, à partir de maintenant je n'utiliserai plus le mot *parking*.

— Merci. C'est déjà bien assez pénible si à cause de ça je me retrouve à devoir partir avec vous… Enfin bref. Plus de parking.

— Plus de parking. Et donc, vous disiez que toutes les filles ne rêvent pas au prince charmant ? Vous en connaissez, vous ? Parce que moi, non.

— Moi je n'en rêve pas, dis-je en me levant pour changer les assiettes et servir la salade. Je n'en ai jamais rêvé. Bien sûr, j'ai envie de trouver quelqu'un, mais est-ce que cela veut dire pour autant avoir envie de partager toute mon intimité avec lui ? La réponse est non. Pourquoi y aurait-il une seule manière de s'aimer, après tout ? Pourquoi est-ce qu'il faudrait obligatoirement vivre ensemble pour être un couple ? Moi, je ne suis pas toujours facile à vivre. Quand je rentre après une longue journée, je laisse traîner mes chaussures et mes chaussettes sur le chemin qui mène au canapé, et je n'ai aucune envie que l'on m'en fasse la remarque, ou de devoir partager mon canapé. Je ne crois pas à toutes ces théories selon lesquelles c'est chouette de partager son quotidien avec quelqu'un parce que ça fait naître la complicité, et blablabla. Je n'ai pas envie de ça. J'ai envie de conserver ma liberté, et si un jour je rencontre quelqu'un, je veux choisir les moments que je partage avec lui.

— Et dire que votre Hervé ne profitera jamais de tout ça…

— On avait dit…

— Je n'ai pas prononcé le mot interdit, m'interrompt-il en souriant.

— On vous a déjà dit que vous étiez un emmerdeur de première ?

— On a dû me le dire à deux ou trois reprises, oui. Mais jamais autour d'un si bon repas, je dois le reconnaître. Franchement, je me régale. Trêve de plaisanterie, je comprends votre point de vue, et ça ne va pas vous surprendre, je suis comme vous. Moi non plus je n'ai pas envie de devoir partager mon espace vital en permanence, surtout si c'est pour subir des sautes d'humeur chaque semaine…

— C'est incroyable, vous ne…

— Je plaisante ! C'est un peu à cause de vous, aussi ! Vous réagissez au quart de tour, c'est tentant, du coup, de vous mettre en boîte. En tout cas, tout ce que vous venez de me dire me rassure, je sais maintenant que vous emmener avec moi à Santa-les-Deux-Sapins n'aura aucune conséquence. Vous ne vous ferez pas de film en mode *ils vécurent heureux et eurent beaucoup d'enfants.*

— Vu la façon dont les contes sont remplis de clichés sexistes, de faibles femmes en détresse qui doivent être délivrées par de preux chevaliers, aucun risque. Tant qu'on est à parler de choses désagréables, il va falloir que je joue les amoureuses transies ? Avec regards enamourés et roulage de pelles au petit-déjeuner ?

— Non, surtout pas. Il n'y aurait rien de mieux pour nous faire démasquer. Je ne suis pas quelqu'un de très démonstratif en public. Donc pas d'embrassades, de main dans la main, de roucoulades ou de surnom sirupeux ridicule.

— Et en privé ? On est bien d'accord que je n'aurai pas non plus à coucher avec vous ?

— J'ai peut-être un humour douteux et un goût un peu trop prononcé pour le sarcasme, mais je ne suis pas une ordure de pervers. Et pour votre gouverne, c'est vous qui m'avez supplié de vous laisser me rendre un service. N'en profitez pas pour faire de moi un sale type.

— Vous avez raison, pardon. Donc, pas de démonstration en public, pas de contact intime en privé. J'avoue que j'ai du mal à voir dans ce cas en quoi justement ma présence vous rend service.

— Ma mère prévoit toujours tout un tas d'activités traditionnelles pendant ces jours de vacances, alors si je peux lui mettre dans les pattes une victime consentante, ça me permettra peut-être d'avoir un peu la paix. Non pas que je ne sois pas fan d'une petite descente en luge de temps en temps. Et, cerise sur le gâteau, ça supprimera de tous les dîners les éternelles questions sur ma vie amoureuse. Et croyez-moi, elles reviennent chaque fois avec force analyse sur le pourquoi de mon célibat.

J'ai quelques vagues idées sur ce pourquoi, mais je les garde pour plus tard, c'est mieux.

— Je connais ça. Je suis fille unique et ma mère se désespère chaque fois qu'elle me voit de ne pas être encore grand-mère. Pourquoi est-ce que l'accomplissement d'une fille pour sa mère doit passer par l'enfantement ? Ça me rend dingue. Et sinon, vous me promettez qu'en échange de ces quelques jours en votre compagnie, vous effacerez l'enregistrement ? Qu'il n'y aura pas de changement de règles en cours de route ?

— Je vous l'ai dit, je ferai tout ce que je peux pour que personne ne puisse voir les images. Je ne vois pas quel changement pourrait se produire en cours de route. Et je suis quelqu'un de parole.

— OK, dans ce cas, je crois que tout est clair pour moi. Un morceau de brownie double-chocolat ? lui proposé-je pour clore ce déjeuner par un feu d'artifice glucidique et calorique.

— Avec plaisir.

Pendant que je me dirige vers la cuisine pour couper deux parts de gâteau, j'y vois un peu plus clair. Il n'y en aura que pour quelques jours, j'aurai juste à être là et à acquiescer aux questions qu'on me posera. Pas de contact intime.

Sur ce point-là, bizarrement, je sens qu'à la différence de ma tête, mon corps, lui, n'est pas complètement satisfait. Pourquoi faut-il toujours que ce genre de type un peu cynique me fasse de l'effet ?

Au final, il me suffira de participer aux activités de Noël, je devrais y survivre.

— Quelles sont les activités organisées par votre mère, au fait ? lui demandé-je en me rasseyant.

— Rien de bien original, me répond-il en enfournant un gros morceau de brownie et en soupirant d'aise. Décoration du sapin de Noël, confection de cookies pour les olympiades du cookie, jeux de société, fabrication d'un bonhomme de neige, courses de luge, ce genre de trucs.

Il me semblait bien avoir entendu quelque chose qui m'avait chiffonné tout à l'heure.

Course de luge.

Mais genre sur du plat, avec une personne qui vous tire ?

Ou toute seule, sur une pente à soixante degrés ?

Chapitre 10

20 heures

— Tu te résous à y aller, *in fine* ? me demande Joséphine avant d'avaler une gorgée de Spritz.

Mes amis sont venus pour la soirée, histoire que je passe au moins un bon moment de vacances avant mon départ de demain.

— *In fine* toi-même ! Si tu ne m'avais pas survendu tes compétences de comédienne, on n'en serait pas là, je te rappelle ! Rafraîchis-moi la mémoire, combien de temps j'ai eu pour tenter de crocheter cette foutue serrure ? Moins qu'il n'en a fallu à Hervé pour… Enfin bref, on a dit qu'on ne parlait plus de cette lamentable expérience.

— On ne va pas revenir là-dessus, même une excellente comédienne ne peut pas briller sur un scénario pourri.

— Il était très bien, mon scénario ! m'insurgé-je. La blessure, ça marche à tous les coups, en principe. Je ne pouvais pas deviner, moi, qu'il avait été pompier.

— Il t'a dit un peu comment ça allait se passer à la montagne ? me questionne Estelle en se tartinant généreusement un cracker de tapenade verte.

— Vaguement, oui. Apparemment, sa mère organise des tas d'activités et il faudra que j'y participe. Des trucs de Noël, résumé-je en fourrant dans ma bouche bien plus de sablés au parmesan qu'elle ne peut normalement en contenir. Il m'a parlé de luge, aussi, mais sur ce coup-là, il ne faudra pas qu'il compte sur moi. Il n'est pas question que je pose mes fesses sur un truc en plastique qui dévale des pentes enneigées.

— Et tu devras faire semblant jusqu'à quel point ? me demande Thibault à son tour. Genre petite amie chaude bouillante, ou genre juste tiédasse.

— Genre même froide en fait. Il m'a dit pas d'effusion en public, et encore moins en privé, cela va de soi.

— Mais pourquoi ? s'exclame Joséphine. Tu devrais coucher avec ce type, moi je dis.

— Tiens donc, et pourquoi ça ?

— Eh bien parce que de un, on ne refuse jamais une occasion de s'envoyer en l'air, et de deux parce qu'à la manière dont il m'a examiné la cheville, je devine qu'au lit il doit assurer.

— Sauf que si j'avais passé mon tour concernant Hervé, on n'en serait pas là aujourd'hui. Alors, jusqu'à nouvel ordre, pas de sexe pour moi.

— C'est peut-être l'homme de ta vie ? poursuit Estelle. Comme dans les films. Vous faites semblant, et la magie opère.

— La magie n'opérera de rien du tout. Il n'a aucune envie de se caser avec une fille, et c'est justement pour ça qu'il m'a demandé de partir avec lui. Et en ce qui me concerne, ça me va très bien également.

Il est sexy et tout, mais franchement, un mec qui dit *pour votre gouverne,* c'est rédhibitoire.

— C'est vrai, ça ! ricane Thibault. Encore pire que s'il puait des pieds ou qu'il se nourrissait exclusivement de foie de veau.

— Oui d'accord, j'exagère un peu. Mais il est juste… horripilant !

— Horripilant et incroyablement sexy, persiste Joséphine. En plus, il sent bon. Et… il a de grands pieds ! Vous savez ce qu'on dit, les filles, grands pieds, grande…

— Ah non, pitié ! je l'interromps en riant à moitié. Je te rappelle que demain, je vais passer la moitié de la journée assise en voiture à côté de lui, alors j'aimerais autant ne pas visualiser son sexe dès que mon regard tombera sur ses pieds. Et puis d'abord, on s'en fiche de la taille. Ce qui compte c'est que le type sache s'en servir.

— Non, on ne s'en fiche pas, de la taille ! rétorque Joséphine. La taille, ça compte ! Parce que s'il ne sait pas s'en servir, ce qui est quand même majoritairement le cas, il faut le dire, mais qu'elle est grosse, au moins on n'a pas tout perdu. Tu es d'accord avec moi, Thibault ?

— Pourquoi c'est à moi qu'on pose cette question ?

— Eh bien parce que de nous quatre, tu es le seul à en posséder un exemplaire, ça te propulse donc au rang d'expert en la matière.

— Moi, ce que j'en dis, c'est que tu ne t'es jamais plainte, si mes souvenirs sont bons, raille-t-il. Alors, est-ce parce que je savais m'en servir ou parce qu'elle est grosse ?

— Ou les deux ? poursuis-je. Cette discussion est en train de prendre un tournant tout à fait passionnant, tu ne trouves pas, Estelle ?

— Absolument !

Nos regards sont tournés vers Joséphine qui, une fois n'est pas coutume, a toute notre attention.

— Je ne répondrai pas à cette question. Vous savez très bien qu'avec Thibault on a fait le pacte de ne jamais évoquer le passé.

— Mouais… C'est juste parce que tu ne veux pas reconnaître que je suis un super coup, admets-le.

Joséphine n'admet rien du tout, et continue à siroter son cocktail pour bien nous signifier qu'elle n'en dira pas plus.

Dommage.

— Vous êtes décevants, tous les deux, soupiré-je. Mais Thibault, peut-on au moins avoir ton avis sur cette histoire de taille ? À quoi nous servirait-il sinon d'avoir un mec dans nos soirées pyjamas ? En tant que garçon, tu es d'accord que l'essentiel n'est pas la taille ?

— Ce qui est sûr, c'est que vous ne vous rendez pas compte à quel point on a la pression, nous les gars. Et tout ça à cause de vous ! C'est comme si c'était uniquement à nous de savoir comment faire, comme si tout reposait sur les frêles épaules de notre sexe ! Sauf qu'on est deux dans l'histoire, et que c'est à vous aussi de savoir vous en servir !

— Et si personne ne sait se servir de rien, mieux vaut qu'elle soit grosse, CQFD ! Je me tue à vous le dire, s'exclame à nouveau Joséphine.

— Ouais, bah évite de le dire tout haut, tu risques d'en faire débander plus d'un, lui rétorque Thibault.

Et, hélas pour vous mesdames, grosse et molle, ça n'est pas très efficace.

J'éclate de rire.

— Trop rapide non plus ! Bien, bien, bien, c'est intéressant tout ça, mais cela ne me dit pas ce que je dois mettre dans ma valise, moi ! Je vous rappelle que je pars demain. Alors, à votre avis, j'emporte quoi ?

— Même si les histoires de fringues me dépassent totalement, comme tu vas à la montagne, je dirais au hasard, comme ça, des gros pulls en laine et des gilets ? suggère Thibault.

— Pourquoi pas des bas de contention pendant que tu y es, coupe Joséphine. Non il faut qu'elle prenne des vêtements qui la mettent en valeur, comme par exemple, tu sais, cette robe que tu as achetée l'autre jour.

— La turquoise à fines bretelles ?

— Oui !

— Je vais à la montagne Joséphine, Thibault a raison. Il va faire genre moins huit mille degrés, je ne vais pas mettre une robe d'été à bretelles. Tu me diras, ça ferait ton sur ton, parce qu'inévitablement je serais bleue de froid en quelques minutes à peine. Et pour ta gouverne, je ne vais pas là-bas pour le séduire.

— Tu vois, toi aussi tu dis *pour ta gouverne*, s'exclame immédiatement Estelle. Vous êtes faits pour vous entendre, tous les deux. Je te parie que le 25 décembre au matin, il sera fou de toi.

— Ce qui arrivera bien plus facilement si elle porte des robes un peu près du corps que des gros pulls en laine ! C'est ce que je dis depuis une heure au moins.

— Vous êtes irrécupérables, dis-je en finissant mon verre. Il ne se passera rien, je vous dis. Rien de chez rien.

— Même pas un petit bisou sous les étoiles après avoir bu deux tasses de chocolat chaud recouvert de crème fouettée ?

— Même pas un petit bisou. Toi, tu regardes trop les téléfilms de Noël ! Il te faut un sevrage d'urgence et une cure d'épisodes de *Game of Thrones*.

— Tu pourrais faire un effort et penser à tes misérables amis qui, eux, vont passer les fêtes de Noël en famille ! s'exclame Joséphine. Moi, je vais être coincée à table entre tonton Henri qui rote entre les plats pour faire passer et tata Ghislaine qui raconte par le menu son ablation de la vésicule biliaire au moment de la découpe du chapon. Ne m'enlève pas l'espoir d'un remake de *Dirty Dancing* au pays du père Noël.

— Oui, Joséphine a raison, promets-nous de te laisser aller.

— Si ça peut vous faire plaisir, soupiré-je, en me levant pour nous resservir des cocktails.

Je peux toujours le leur promettre.

Même si je sais qu'il ne se passera rien.

Rien de rien.

De rien.

Chapitre 11

21 décembre, 10 heures

La soirée s'étant éternisée jusqu'à une heure avancée, je n'ai bouclé ma valise que ce matin. Malgré cela, je suis fin prête lorsque David sonne à ma porte.

— Alors, prête à passer les cinq jours les plus fantastiques de votre vie ? me demande-t-il dès que je lui ouvre.

— Si je me laissais aller, je vous dirais que je suis excitée comme un acarien devant les portes du Salon de la moquette.

Il me regarde et son visage s'éclaire d'un franc sourire.

— C'est de vous ?

— Non. J'ai entendu un gars la sortir un jour à la radio, et j'ai toujours eu envie de la replacer dans une conversation.

— Elle est bonne, je la note. Et sinon, vos bagages sont prêts ?

— Oui, ma valise est là.

Il se retourne et me demande, surpris :

— Vous n'avez que ça ? Non ! Impossible.

— Eh bien oui, pourquoi, ça vous étonne ?

— Je ne sais pas, mais disons que les femmes en général ne sont pas connues pour voyager particulièrement léger. Ma sœur, par exemple…

— Et c'est reparti pour les clichés sexistes ! Il va falloir vous le dire en combien de langues ? Toutes les filles ne se languissent pas du prince charmant et ne voyagent pas avec quatre valises et vingt-cinq paires de chaussures. Ça va être quoi, ensuite ? La sensiblerie ? La peur des araignées ? L'absence de sens de l'orientation ? Non, parce qu'on peut tous se les faire un par un, si vous le souhaitez.

— Ce serait avec plaisir, mais on a pas mal de kilomètres devant nous. Et comme vous ne serez sans doute d'aucune utilité pour m'indiquer la route, autant ne pas perdre de temps.

— J'ai Waze sur mon téléphone. Et là, tout de suite, j'ai envie de vous arracher les yeux avec une cuillère à faire des billes de melon.

Ce qui ne lui fait pas peur apparemment, vu qu'il éclate de rire.

— Vous mettre en boîte est un pur bonheur, me dit-il en attrapant ma valise.

— Je suis capable de la porter toute seule, je vous signale. Je n'ai pas besoin de vous.

— Très bien, très bien, si même la galanterie passe pour du sexisme, maintenant, je n'insiste pas.

J'attrape ma valise et me rends compte qu'elle pèse au bas mot une tonne. Mais plutôt manger des limaces vivantes que de demander de l'aide.

Je sens que je pars pour vivre les cinq jours les plus longs de toute mon existence. Pires que les vacances que j'ai passées avec une cousine de ma mère, à bouder sur le canapé pour une histoire de poupée non prêtée, en les regardant du coin de l'œil jouer au Scrabble toute la journée. Et pourtant, côté longueur, on était quasiment au taquet.

Une fois au sous-sol, après avoir descendu, valise à la main, les quatre étages sans ascenseur au point d'être certaine d'attraper une triple tendinite, nous passons devant l'une des caméras de surveillance. Connaissant le personnage, je le devance :

— Si jamais vous prononcez le moindre mot, je vous préviens, je remonte avec ma valise, et tant pis pour ma dignité.

— Je ne dirai rien. Je ne voudrais pas que y perdiez votre épaule. Je suis garé là-bas, me précise-t-il en me désignant un cabriolet noir rutilant.

— Elle est à vous, cette voiture ?

— Oui, pourquoi ?

— Je pensais que…

— Qu'un gardien d'immeuble comme moi ne pouvait pas s'offrir une belle voiture, c'est ça ? me coupe-t-il. Vous vous attendiez à une vieille 205 toute pourrie ? Pardon, mais côté cliché, vous n'êtes pas en reste, ponctue-t-il d'un clin d'œil.

— Non, pas du tout, mais avouez que… Enfin, non, rien.

— C'est un cadeau de mon père. Il me l'a offerte pour… C'était il y a longtemps, peu importe maintenant. Vous montez ? me demande-t-il en m'ouvrant la portière avec un grand sourire.

Comment est-il possible qu'un type puisse être à la fois aussi exaspérant et charmant ?

J'ai toujours aimé les trajets en voiture. Je n'ai pas le permis de conduire, mais j'ai toujours adoré le statut de passager. Je regarde défiler les paysages, je laisse mon esprit vagabonder. Bien souvent, je finis par m'endormir, bercée par le bruit du moteur.

Quand j'étais toute petite, mes parents m'ont raconté que je pleurais beaucoup, et que lorsqu'ils n'en pouvaient plus et hésitaient entre me balancer contre un mur et me jeter à la poubelle comme un produit défectueux, ils finissaient par m'emmener en voiture pour m'apaiser. Option moins écologique, mais pénalement moins dangereuse. Invariablement, je finissais par me calmer, et au bout de quelques kilomètres, par m'endormir.

J'observe David, il est concentré sur la route et semble curieusement tendu, pour quelqu'un qui va retrouver sa famille à l'occasion des fêtes de Noël.

— Jamais on ne dirait que vous vous apprêtez à rejoindre des gens que vous aimez, dis-je pour rompre le silence.

— Qu'est-ce qui vous fait dire ça ?

— Votre visage. Il est tout crispé. Et vous n'avez pas cherché à me provoquer depuis au moins une heure.

— Ça vous manque ? S'il n'y a que ça pour vous faire plaisir, je peux faire un petit effort.

— Sans façon. Mais vous pourriez me parler un peu de votre famille. Histoire de peaufiner ma crédibilité de petite amie.

— Que voulez-vous savoir ?

— Eh bien, je ne sais pas moi, qui sera présent, déjà ?

— Ma mère, Hélène, l'une de ses meilleures amies, Valérie, qui est donc comme une tante pour nous, ma sœur Madeline et son mari Ludovic. Et mon frère.

— Qui se prénomme ? demandé-je comme il ne me le précise pas de lui-même.

L'air paraît soudain manquer dans l'habitacle de la voiture.

— Donovan.

Il n'aurait pas moins craché ce mot s'il avait eu des orties dans la bouche.

— Ah, il y aussi Pilou, le chien de la famille.

— Pilou ? C'est mignon, comme nom. C'est un caniche ou un yorkshire ?

— Un chien de montagne des Pyrénées.

— Un chien de montagne ? Qui s'appelle Pilou ?

— Oui. Pourquoi ne pourrait-il pas s'appeler Pilou ?

— Comme ça, je dirais que quand il rencontre ses autres copains chiens de montagne, ça ne doit pas être très facile à porter. Ça doit rigoler sec autour des bacs à croquettes, à mon avis.

— Ça va peut-être vous surprendre, mais je milite depuis des années pour la suppression des codes pour les chiens. Quand on voit un berger allemand, on pense aussitôt qu'il doit s'appeler Rex, Gurt ou Max, bref un prénom sec et si possible qui fout les jetons. Alors que si ça se trouve, ce berger allemand, il voudrait s'appeler Roudoudou, Douceur ou Plume. À bas cette dictature du nom de chien. Notre chien de montagne s'appelle donc Pilou, et je le revendique.

Je m'attends à ce qu'il se mette à rire, mais il est on ne peut plus sérieux. C'est aussi inattendu que touchant.

— Nous disons donc votre mère, une amie qui est comme votre tante, une sœur, un beau-frère, un frère et Pilou le chien. Votre père, lui, ne sera pas présent ?

— Non. Mon père est décédé il y a quelques années déjà. Il appartenait à une équipe de secouristes en montagne. Un après-midi, ils ont été appelés à la suite d'une avalanche, une touriste suédoise était portée disparue. Malgré toutes leurs précautions, ils ont été emportés à leur tour par une coulée de neige. Deux des membres de l'équipe, dont mon père, ne s'en sont pas sortis.

— C'est affreux. Pardon, je ne savais pas. Je suis désolée.

— C'est comme ça. Il savait qu'il y avait toujours un risque.

Émue, je pose ma main sur celle de David. Il me regarde, et soudain il éclate de rire.

— Vous ne marchez pas, vous courez, c'en est presque trop facile.

— Pardon ?

— Mon père n'est pas décédé, même si dans les faits, pour moi, c'est tout comme. Aux dernières nouvelles, il doit être en Australie avec sa nouvelle femme de vingt ans de moins que lui. Il a quitté ma mère du jour au lendemain il y a deux ans, pour soi-disant rattraper le temps perdu. Avec dettes et fracas.

— Et dire que je m'apprêtais à avoir de la peine pour vous ! Mais qui est capable de mentir comme ça sur un sujet aussi grave ?

— Ce n'était pas du meilleur goût, je l'avoue. Mais si vous aviez vu votre tête. Quelques minutes de plus, et vous me preniez dans vos bras pour me réconforter. D'ailleurs, votre main est toujours posée sur la mienne.

— N'importe quoi, dis-je, vexée, en la retirant vivement.

Chaque fois que je commence à le trouver sympathique, et à me dire que les jours à venir devraient finalement ne pas être trop pénibles, il faut qu'il trouve un moyen de me ramener à mon impression de départ. Ce type est vraiment… insupportable. Je détourne la tête et reprends ma contemplation des paysages qui défilent.

Au bout de quelques minutes, c'est lui qui décide de rompre le silence devenu pesant.

— Je suis désolé, Pauline. Je n'aurais pas dû plaisanter à ce sujet. Ce n'était pas drôle. Je vous l'ai dit, j'ai parfois un humour douteux.

— En effet, vous n'auriez pas dû.

Malgré moi, je me ramollis. Un homme capable de s'excuser ainsi, le moins qu'on puisse dire, c'est que je n'en ai pas rencontré beaucoup dans ma vie.

— À l'avenir, je me contenterai de plaisanter sur votre assistant DRH.

Je pense que je vais finir par assommer ce gars à coups de pelle avant la fin du trajet.

Au bout de deux heures et demie de route, nous nous arrêtons dans un village à quelques kilomètres d'une sortie d'autoroute, pour déjeuner. Apparemment, il nous reste encore pas mal de chemin à faire, mais l'appel de l'estomac est le plus fort.

— Je viens ici chaque fois que je rends visite à ma mère, m'explique-t-il. Ils font la meilleure truffade de toute la région.

Nous passons commande et, en attendant d'être servie, bien que légèrement sur mes gardes, je le questionne de nouveau sur sa famille.

— Votre frère et votre sœur sont plus âgés que vous ?

— Ma sœur est l'aînée, et elle ne perd pas une occasion pour me le rappeler, d'ailleurs. Elle a trois ans de plus que moi. Mon frère, lui, est le plus jeune de la famille, il a un an de moins que moi.

— Position du milieu, pas simple, quoi.

— Qu'est-ce que vous en savez ? me répond-il sur un ton brusque. Vous ne m'avez pas dit l'autre jour que vous étiez fille unique ?

— Oui… Mais ça ne m'empêche pas d'avoir des amis qui, eux, ont des frères et sœurs, et de savoir qu'être celui du milieu n'est pas forcément la place la plus enviable. Aurais-je touché une corde sensible ?

— Non, pas du tout.

Sur ce coup-là, je sais qu'il ment. Sans le chercher, j'ai mis le doigt sur une fragilité.

— Parlez-moi de votre sœur.

— Qu'est-ce que vous voulez savoir ?

— Ce qu'elle fait dans la vie, comment elle est, ce genre de trucs, quoi.

— Elle est couturière. Elle crée des robes de mariée et a sa propre boutique à Santa-les-Deux-Sapins.

— Une boutique de robes de mariée perdue dans un village au fin fond de la montagne ?

— Oui. Pourquoi pas ?

— Ça me paraît un drôle d'endroit pour vendre des robes de mariée, c'est tout.

— Détrompez-vous ! Le cadre est propice aux demandes en mariage ou aux cérémonies. Chaque année, des tas de gens se marient précisément dans ce village. Madeline est presque une star, avec ses robes.

— Elle est mariée, vous m'avez dit tout à l'heure.

— Oui, avec Ludovic, son amour de jeunesse. Ils se sont rencontrés au lycée et ne se sont plus quittés.

— Ça n'a pas l'air de vous enthousiasmer.

— Non, non, j'adore mon beau-frère, c'est un chouette type, et le moins qu'on puisse dire, c'est qu'il est visiblement toujours fou amoureux d'elle. Mais j'ai du mal à croire que tous les deux ne soient pas une exception, c'est tout. Rester autant d'années avec quelqu'un, sans jamais se lasser ou avoir envie de partir, ça me paraît… Enfin, disons que ça n'est pas pour moi. Madeline est enceinte, sinon. Avec Ludo, ils attendent leur premier enfant, après des années de sous-entendus totalement explicites de ma mère sur ses envies de devenir grand-mère, ils se sont enfin décidés.

— Et votre frère ?

— Il n'y a pas grand-chose à dire. Donovan, c'est Donovan. La célébrité de la famille, depuis qu'il travaille en tant que mannequin. Ah, voici le serveur avec nos truffades, vous m'en direz des nouvelles !

Je le soupçonne d'être très heureux de cette diversion. Inutile d'être psy pour diagnostiquer une rivalité fraternelle latente. Il plante sa fourchette dans son plat avec un peu trop d'enthousiasme, cherchant visiblement à détourner mon attention. Ce qui immédiatement chez moi produit l'effet contraire et attise ma curiosité. Je n'ai jamais su lâcher l'affaire, comme on dit.

— Mannequin ? Il doit être canon, alors ?

Chacun son tour de s'amuser un peu à porter l'autre sur les nerfs.

— Il paraît, oui… me répond-il de mauvaise grâce. Je ne suis pas le meilleur juge pour ce genre de choses.

— Vous vous entendez bien, tous les deux ?

— Ne me dites pas que vous avez prévu de me parler de mon frère pendant tout le repas ?

Je suis surprise par la pointe d'agressivité que je perçois dans sa voix.

— Non.

— Tant mieux. Parce que vous avez dans votre assiette une pure merveille, il ne faudrait pas la laisser refroidir.

Message reçu. En tout cas, pour l'instant. Mais qu'il ne compte pas sur moi pour le laisser tranquille. Après tout, puisque je vais passer ces prochains jours avec lui, il va m'avoir sur le dos.

Et cette perspective qui me réjouit au-delà de ce qu'elle devrait n'est pas pour me rassurer.

Le reste du repas se déroule dans un quasi-silence. Nous n'échangeons qu'autour de la truffade qui, en effet, est délicieuse.

Délicieuse et copieuse, occasionnant chez moi un endormissement presque instantané, à peine avons-nous repris la route.

Bercée par les mouvements de la voiture et la conduite de David, je somnole quasiment deux heures.

— On est bientôt arrivés ? demandé-je d'une voix pâteuse, après avoir rouvert un œil.

— Vous saviez que vous dormiez la bouche grande ouverte ? C'est un spectacle tout à fait charmant. Vous poussez aussi des petits gémissements parfois, ce qui pourrait être sexy, s'ils n'étaient accompagnés d'un filet de bave.

Je passe la main sur ma joue pour y sentir en effet une humidité caractéristique. En temps normal, dans une telle situation, en voiture avec un mec mignon, je serais mortifiée. Mais comme il n'est ici nullement question de séduction, je me reprends.

— Aucun risque, comme ça, que vous ne développiez des sentiments amoureux pour moi. Ça m'embêterait de devoir vous rembarrer.

— Il m'en faudrait plus pour me décourager, je pense, j'ai tendance à avoir du mal à renoncer.

Voilà qui nous promet un feu d'artifice verbal !

— Et pour répondre à ta question – il est temps de se tutoyer non ? – il nous reste environ deux cents kilomètres.

— Chouette ! Vivement qu'on y soit. J'ai hâte de rencontrer ta famille. J'espère qu'ils vont m'apprécier.

— Ah oui ? me demande-t-il, visiblement surpris.

— Non, en fait je m'en fiche comme de ma dernière culotte sale, mais c'est ce qu'une vraie petite amie dirait, non ? Pardon, j'aurais dû te prévenir que je me mettais dans la peau du personnage.

À mon tour d'éclater de rire devant sa tête. Je me garde de lui dire qu'en réalité je ne m'en fiche pas complètement. Je suis de celles qui aiment faire bonne impression. Quelque chose qui tenait à cœur à mon grand-père, et qu'il me répétait sans cesse : « L'important, ma Paulinette, c'est de faire bonne impression. Parce qu'on ne sait jamais qui l'on va retrouver au détour d'un chemin, des années plus tard. »

— Quelque chose me dit que ces quelques jours ne vont pas être de tout repos, finalement.

— Peut-être que tu vas regretter de ne pas m'avoir demandé de te chanter des berceuses ! D'autant que j'ai une très jolie voix.

Il me regarde pendant quelques instants, et je sens la température de mes joues flamber.

— Non, je suis certain que je ne vais pas le regretter.

Nous parcourons les derniers kilomètres dans un silence total. Non que je sois fâchée ou n'aie plus envie de faire la conversation. Mais j'avais clairement sous-estimé le pouvoir dégobillesque des virages en montagne. Si j'ouvre la bouche, j'ai peur en effet d'expulser sur le tableau de bord le contenu de mon estomac.

— Nous sommes arrivés ! m'indique David en se garant devant un immense chalet dont la façade est éclairée de multiples guirlandes lumineuses blanches. Ça va ? me demande-t-il avec sollicitude après avoir défait sa ceinture de sécurité et s'être tourné vers moi.

— Oui, oui, bredouillé-je.

— Tu es très verte… Tu devrais…

Je ne le laisse pas terminer sa phrase et ouvre précipitamment ma portière. Il me faut de l'air. Je suis immédiatement saisie par un froid polaire. À me concentrer sur la route tout en me récitant intérieurement des mantras contre les vomissements, je n'ai pas fait attention à la chute de la température extérieure.

Si respirer à pleins poumons me les gèle instantanément, cela a néanmoins pour effet d'apaiser un peu ma nausée.

— Tu es sûre que ça va ? me questionne David, visiblement inquiet. Tu aurais dû me dire que tu étais malade en voiture, je t'aurais avertie, pour les virages…

— Première fois en montagne. Mais ça va aller. Il me faut juste quelques minutes là-dehors, et… Déjà, je me sens mieux.

Pour preuve, j'accompagne ma phrase d'un sourire et vomis aussitôt sur mes chaussures.

— Si c'est encore une stratégie pour que je ne tombe pas amoureux de toi, la bave suffisait, hein.

— Je préfère être sûre. Mieux vaut ne pas tenter le diable, je poursuis sur le même ton.

Là, tout de suite, je pourrais lui balancer de la neige dans le caleçon, une bonne grosse poignée qui aurait pour effet immédiat de rapprocher la taille de son pénis de celle d'une petite crevette cocktail décortiquée, mais je comprends à son regard qu'il essaie de détourner mon attention par de l'humour.

Et ça me touche.

Punaise, Pauline, non ! Ce type t'horripile. Tu es là pour qu'il efface un enregistrement compromettant. Tu ne peux pas commencer à le trouver sympathique. Déjà que tu le trouves mignon…

Après dix minutes à respirer l'air glacial de Santa-les-Deux-Sapins, l'estomac désormais complètement vidé, je me sens nettement mieux.

Si sa famille a entendu la voiture arriver, ils doivent se demander ce que nous fichons dehors par ce froid. Pourvu qu'ils ne m'aient pas vue vomir…

Si on peut rêver mieux pour faire bonne impression, ils vont se dire que je suis enceinte, à coup sûr. C'est toujours ce qu'on pense quand on voit une femme qui vomit. Sans être bourrée, bien entendu.

Heureusement pour moi, la nuit tombe vite en cette période de l'année, et il commence déjà à faire sombre alors qu'il n'est même pas 18 heures.

Une petite allée et quelques marches nous séparent de la porte d'entrée du chalet entouré d'une terrasse en bois. De loin, il me paraissait déjà immense, mais alors de près, j'ai le sentiment qu'on est plus proche d'un château que d'une cabane à la montagne. Rien que la porte d'entrée est impressionnante, plus large que la moyenne, avec un sapin de Noël sculpté à même le bois. En y regardant de plus près, il n'y a pas que la porte qui soit sculptée : sapins de Noël, bonshommes de neige et autres traîneaux ornent toute la façade. Pour le cas où j'en douterais, nous sommes bien chez les dingos de Santa Claus.

Avant de sonner, David se tourne vers moi avec un sourire mi-encourageant, mi-crispé :

— Prête ?

Est-ce que j'ai le choix ? Est-ce que si je m'enfuis là, tout de suite maintenant, j'ai une quelconque chance de survie ?

— Prête.

Car il faut se rendre à l'évidence, il y a plus de chances que l'on me retrouve dévorée par les loups que vivante. Quand il faut y aller, il faut y aller. Je profite des dernières secondes qui me restent avant de plonger dans l'inconnu pour maudire une dernière fois Hervé, et me jurer de ne plus jamais m'envoyer en l'air contre un mur avec qui que ce soit.

Chapitre 12

18 heures

David sonne, et la vitesse avec laquelle quelqu'un ouvre la porte confirme qu'il y avait de l'espionnage en bonne et due forme derrière la fenêtre depuis notre arrivée. Heureusement, grâce à la neige présente en abondance, j'ai pu nettoyer mes chaussures, ce qui m'évitera des explications.

— David, mon chéri ! Je suis tellement contente que tu sois là. Mais allez, entrez, entrez, il fait un froid d'elfe dehors.

À peine avons-nous franchi le seuil qu'un immense chien blanc aux longs poils duveteux se jette sur nous en aboyant, toute queue remuante. David se baisse pour caresser l'animal, qui lui lèche la joue à grands coups de langue, manquant de le faire basculer en arrière.

— Pilou ! Laisse David tranquille ! Il s'est douché ce matin, tu sais, comme tout le monde ici, au cas où tu en douterais.

Devant moi se tient une femme de taille moyenne, cheveux blonds coiffés en une longue tresse épaisse, habillée d'un pull bleu marine.

Représentant un bonhomme neige.

Avec, à la place du nez, une carotte en relief.

Je dois me mordre l'intérieur des joues pour ne pas éclater de rire et saisir la carotte proéminente afin de lui dire bonjour.

— Bonsoir maman, tu as l'air en forme, lui répond David en l'embrassant sur la joue après l'avoir serrée dans ses bras.

Je me demande s'il a été incommodé par la carotte…

— Tu sais ce que c'est, chaque année, à cette période, c'est comme si je rajeunissais de vingt ans ! Il ne faudrait que des mois de décembre[1] !

La mère de David se tourne vers moi et m'adresse un sourire chaleureux.

— Bonsoir Pauline, soyez la bienvenue à Santa-les-Deux-Sapins.

Alors que je lui tends la main, elle s'approche pour me prendre dans ses bras.

Mon Dieu, je sens la carotte me chatouiller le ventre… Ne pas rire, ne pas rire…

— Et surtout, pas de chichi ni de madame qui tienne, appelez-moi Hélène. Ce n'est pas si fréquent que mon fils se décide à nous présenter une amie.

— Merci de m'accueillir, Hélène, bredouillé-je, encore sous le coup de la surprise de son câlin de bienvenue.

Tandis qu'elle s'écarte pour nous laisser nous avancer avec nos valises, je découvre l'intérieur du chalet. C'est si beau qu'un instant j'en ai le souffle coupé.

1. Mais tellement !

Le rez-de-chaussée s'étend sur deux cents mètres carrés au bas mot. Larges poutres apparentes au plafond, avec un énorme lustre composé de multiples branches et boules de verre, parquet laqué au sol, recouvert çà et là de grands tapis épais gris clair.

Sur ma gauche, s'ouvre le salon avec un canapé recouvert de coussins de différentes couleurs et de plaids bien pliés, pouvant accueillir au moins quinze personnes, une table basse laquée blanche sur laquelle sont disposés plusieurs plateaux contenant des verres, des mugs et même plusieurs carafes de formes et tailles variées, une cheminée suspendue ronde en aluminium noir, dans laquelle crépite un feu qui apporte à la pièce une ambiance et une chaleur à nulle autre comparable, des bibliothèques bien garnies, des fauteuils avec repose-pieds.

Un peu en retrait, sur un niveau rehaussé de deux marches, se trouve la salle à manger. Une longue table en bois massif entourée de chaises aux assises claires. Je distingue sur les murs des dizaines de cadres photo savamment agencés.

Sur ma droite, la cuisine, blanche et en bois, pourrait presque contenir l'intégralité de mon appartement. Un îlot central, des dizaines de placards, un piano à cuisson qui aurait fait baver d'envie ma grand-mère, des étagères recouvertes de bocaux et de petites plantes vertes.

En face de moi, derrière l'escalier qui doit mener aux chambres, une immense baie vitrée court le long de la quasi-intégralité du mur, laissant entrevoir une vue sur les montagnes qui risque de me faire défaillir demain lorsqu'il fera jour.

— C'est magnifique, chez vous ! m'exclamé-je, conquise.

— Merci beaucoup. Au fil des années, je crois que nous avons réussi à faire de ce lieu un endroit agréable et chaleureux, m'indique Hélène, visiblement ravie devant mes yeux qui brillent.

Pas étonnant que David ne veuille pas emmener de petite amie ici, c'est évident que devant un tel chalet, la plupart s'empresseraient de faire des plans sur la comète, avec robe blanche et bague au doigt au passage.

— Vous devez être épuisés après un si long trajet, poursuit-elle, et si vous alliez vous reposer un peu dans votre chambre ? L'ouverture de la saison n'est prévue qu'à 19 h 30. Ça vous laisse presque deux heures pour défaire vos valises et… faire ce que vous voulez d'autre, ajoute-t-elle avec un clin d'œil dans ma direction.

Est-ce qu'elle est en train de sous-entendre ce que je crois qu'elle sous-entend ?

— Maman… réplique David, gêné.

C'est bien ça, elle sous-entend ce que je crois qu'elle sous-entend.

Je repense à mes parents, qui ont toujours refusé que je passe la nuit dans le même lit qu'un garçon sous leur toit. Apparemment, Santa-les-Deux-Sapins se trouve dans un univers parallèle très ouvert sur le sujet.

David attrape sa valise et se dirige vers les escaliers.

— Tu viens, Pauline ? Je vais te faire visiter l'étage.

Visiblement, il a retenu la leçon de ce matin, puisqu'il ne me propose pas de porter mon bagage, au risque de se faire rembarrer. Si je dis que cette fois-ci ça m'aurait arrangé qu'il le fasse, est-ce que je passe pour la chieuse de service ?

— Oui, bon… grommelé-je en attrapant ma valise et en lui emboîtant le pas.

L'étage, en mezzanine, est tout aussi impressionnant que le rez-de-chaussée. Un palier, tellement large qu'on pourrait sans peine y caser un lit king size dans le sens de la largeur, dessert plusieurs portes derrière lesquelles je devine que se trouvent les chambres. J'en compte sept, avant que David ne s'arrête devant l'une d'entre elles et l'ouvre.

— Après toi, m'indique-t-il.

La pièce est aussi belle que le laissait présager le reste du chalet. Très grande, évidemment, donnant sur la montagne, forcément, boiseries de qualité, immense lit à baldaquin, lourds rideaux de couleur beige, tapis moelleux, bougies parfumées et fleurs séchées disposées en divers endroits…

— Eh bien, mon cochon ! m'exclamé-je, provoquant aussitôt le rire de David. Pardon, mais waouh ! c'est sacrément beau chez toi.

— Cet endroit appartient à ma mère, c'est un bien de famille. Mais merci, c'est vrai que le chalet est sympa.

— Sympa ? Il faut que je t'apprenne la définition du mot sympa, alors. La maison de mes parents est sympa parce qu'elle a un chouette jardin, celle des parents de Joséphine est très sympa grâce à leur véranda. Ce chalet n'est pas « sympa », il est carrément grandiose ! Sympa, c'est presque une insulte à ce niveau. C'est à peine si je vais oser respirer, tellement c'est beau et luxueux.

Pour une raison que j'ignore, David cherche à minimiser sa fierté d'être ici. Pourtant, je lis dans ses yeux que lui aussi, comme sa mère tout à l'heure, est heureux de me voir apprécier la maison familiale.

— Si tu veux prendre une douche, la salle de bains est juste derrière, me précise-t-il en m'indiquant une porte coulissante juste à côté du lit.

— Cette chambre a sa propre salle de bains ? m'enthousiasmé-je comme une gamine devant les portes de Disneyland.

— En réalité, chaque chambre de la maison a sa propre salle de bains. C'est plus pratique comme ça.

— Pratique… Sympa… Non, vraiment, il faut revoir l'intégralité de ton vocabulaire, je crois.

J'avance dans la pièce et examine de plus près les détails de la décoration. Jamais plus je n'aurai l'occasion de revenir dans un lieu pareil, alors j'essaie de graver sur mon disque dur cérébral un fichier suffisamment précis.

Puis je m'assois sur le lit, au matelas si confortable que je ne peux m'empêcher d'émettre un gémissement d'approbation.

David, lui, est en train de vider sa valise pour en ranger le contenu dans l'armoire. Je l'observe du coin de l'œil, sa mâchoire paraît crispée. Que peut-il bien se passer ici pour qu'il soit aussi tendu ? Une phrase de sa mère me revient soudain en mémoire.

— C'est quoi, cette ouverture de la saison dont a parlé ta mère tout à l'heure ?

— Ah, ça… C'est un rituel qu'elle a instauré pour lancer les festivités familiales de Noël, une sorte de cérémonie pour se mettre dans l'ambiance.

— Houlà ! ça semble sérieux.

— Pour elle, oui. Noël a pour ma mère une importance démesurée. Ses parents sont décédés lorsqu'elle avait quatorze ans, alors quand elle nous a eus ma sœur, mon frère et moi, elle a surinvesti cette fête de famille.

— Je me suis fait avoir une fois, pas deux !

— Hein ?

— Les parents de ta maman. C'est comme ton père, tout à l'heure ?

— Cette fois-ci, ce n'est pas une blague. Ma mère a bien perdu ses parents. Et je me rends d'autant plus compte à quel point tout à l'heure j'ai été stupide de te raconter ce truc.

— Oui, c'était complètement nul. Mais revenons-en à cette histoire d'ouverture de la saison. Il va se passer quoi ?

— Ça ne se raconte pas, ça se vit, me répond-il avec un clin d'œil. Et d'ailleurs, ma mère a prévu une tenue spécialement pour toi pour cet événement.

— Comment ça, une tenue ?

— Je te laisse découvrir par toi-même, me dit-il en me désignant du menton un paquet cadeau auquel je n'avais pas prêté attention, posé sur une des deux tables de chevet.

— Mais elle connaît ma taille ?

— Euh… Pour ce genre de choses, pas vraiment besoin de connaître la taille des gens, me répond-il avec un demi-sourire amusé.

Bizarrement, sa mâchoire est beaucoup moins crispée, et ça n'est pas pour me rassurer. Je me relève du lit et m'approche du paquet cadeau aussi vite que s'il risquait de m'exploser au visage. Le papier est dans le thème : des bonshommes de neige et des sapins recouverts de guirlandes. D'un doigt, j'appuie dessus, c'est mou, mais ça ne fait pas pouet ! pouet ! comme un jouet pour chien. C'est toujours ça de pris.

Je me décide à ouvrir le paquet, laissant par la même jaillir une carotte orange que je reconnais aussitôt. Autour de la carotte, un bonhomme de neige. Autour du bonhomme de neige, un pull bleu marine.

Je me retourne, le pull entre les mains. David réprime un fou rire, faisant tressauter la carotte orange de son propre pull, qu'il a dû enfiler à la vitesse de l'éclair, le temps que je déballe ma surprise.

— Tu connais désormais la tenue officielle à porter pour l'ouverture de la saison de Noël chez les Bastain. Alors, heureuse ? me demande-t-il, dans un éclat de rire qu'il est incapable de retenir plus longtemps.

Lorsque nous descendons une heure plus tard, nous sommes tous les deux affublés comme il se doit de nos carottes proéminentes. Je prie pour que la cérémonie ne soit pas filmée. C'est un coup à ce que Joséphine m'en parle jusqu'à la nuit des temps, sinon.

— Ah, vous êtes là, enfin, claironne la mère de David. Nous n'attendions plus que vous, les amoureux, précise-t-elle avec le même clin d'œil que tout à l'heure. Je vais donner un coup de main à Valérie en cuisine, asseyez-vous avec Madeline et Ludo, nous arrivons d'ici cinq minutes.

Dans le salon, assise sur le canapé, se trouve une femme très enceinte, dont le pull ne recouvre que la moitié du ventre, la sœur de David probablement. À côté d'elle, un homme lui tient la main et m'adresse un sourire chaleureux. Lui aussi porte le pull de rigueur. J'ai l'impression de faire partie d'une secte. Celle de la carotte en relief.

— Bonjour, moi c'est Pauline, dis-je en lui tendant la main.

— Madeline, la sœur de David, et voici mon mari Ludovic. Et à l'intérieur de mon utérus, se trouve le Grinch.

— Tu ne vas pas t'y remettre ! s'exclame Ludovic.

— À voir comme ce bébé me laboure les côtes à coups de pied depuis que j'ai enfilé mon pull, je t'assure que cet enfant déteste Noël. Je ne vois aucune autre explication.

Cette réplique et le ton amusé sur laquelle elle la prononce me rendent Madeline immédiatement sympathique.

— Vous avez fait bonne route ? me questionne-t-elle.

— Oui, très bonne, répond David à ma place.

— Tu t'appelles Pauline ? Laisse répondre ta femme ! En ce qui te concerne, je t'adresserai de nouveau la parole lorsque je t'aurai pardonné de ne pas m'avoir informée que justement tu en avais une, de femme.

— Moi aussi je t'aime, sœurette, réplique David en s'asseyant sur le canapé, après lui avoir claqué une bise sonore sur la joue. Donovan n'est pas là ? demande-t-il sur un ton soudain plus fermé.

— On me réclame ?

Je tourne la tête vers le nouvel arrivant, et découvre le type le plus beau que j'aie jamais vu. Grand, musclé, crâne rasé, grands yeux verts et sourire ultra bright à dégrafer n'importe quel soutien-gorge, même récalcitrant. Lui aussi porte le fameux pull. Il est tellement beau que la carotte paraît sexy et appétissante sur lui.

— Bonsoir, moi c'est Donovan, m'indique-t-il en me faisant la bise. Vous devez être Pauline, j'imagine ?

Il ne me laisse pas le temps de lui répondre et prend chaleureusement sa sœur dans ses bras. L'accolade de Madeline est bien plus brève, et beaucoup plus glaciale.

— Il faut toujours que tu te fasses remarquer, lui assène d'ailleurs David, comme pour confirmer mon ressenti.

— Que veux-tu frérot, c'est comme ça dans le mannequinat, il faut soigner son entrée. En tout cas, tu t'es bien gardé de nous dire que tu avais trouvé une copine, et qu'elle était si jolie, me complimente-t-il avec un clin d'œil.

Décidément, le clin d'œil semble être le mode de communication dans ce chalet. Ou alors, des poussières leur tombent dans les yeux à intervalles réguliers, allez savoir.

Je devrais me sentir un poil gênée, mais il est tellement beau que je rougis malgré moi. Saloperie d'hormones.

— C'est une personne, lui rétorque David, pas un bout de viande !

— C'était une plaisanterie, c'est un bonheur de constater que tu as toujours autant d'humour, mon cher David.

— Sérieusement, les gars, ça fait à peine trois minutes que vous êtes dans la même pièce, et déjà la température frôle l'ère glaciaire. Vous savez combien ces jours comptent pour maman, alors vous pourriez faire un effort ! lance Madeline.

— Et je vous conseille de ne pas contrarier votre sœur, ajoute son mari, parce qu'elle s'apprête à enfanter le Grinch, et ça ne la rend pas d'hyper bonne humeur…

Ces chamailleries sont inconnues de la fille unique que je suis, et pour être honnête, à deux doigts de me mettre mal à l'aise. Je vais me concentrer sur ma carotte plutôt, oui, voilà.

Le retour de la mère de David, accompagnée d'une de ses amies si mes souvenirs sont bons, a le mérite de couper court aux retrouvailles fratricides.

Inutile de préciser que toutes les deux revêtent également leur pull officiel, vous l'aurez deviné par vous-mêmes.

Elles déposent sur la table basse un plateau garni de tasses fumantes de chocolat chaud, dont les surfaces sont recouvertes de mini marshmallows.

— Je suis si heureuse que vous soyez enfin tous là, mes enfants, dit Hélène. Vous aussi, Pauline, naturellement, même si c'est une grande première qu'un de mes fils vienne accompagné.

David passe son bras autour de ma taille, et me rapproche de lui d'un mouvement contre lequel je m'apprête à protester, avant de remarquer qu'il a les yeux rivés sur son frère, et inversement. Pas un bout de viande, tu parles !

— Nous allons donc pouvoir commencer, poursuit Hélène, insensible au combat de coqs muet qui se déroule sous ses yeux. Musique ! s'exclame-t-elle en appuyant sur le bouton d'une télécommande.

Aussitôt, les premières notes d'une chanson de Noël emplissent le chalet. Il doit s'agir d'une sorte d'hymne familial, puisque tout le monde se met à chanter en chœur :

Dans son manteau rouge et blanc,
Sur un traîneau porté par le vent,
Il descendra par la cheminée.
Petit garçon, il est l'heure d'aller se coucher.
Tes yeux se voilent, écoute les étoiles.
Tout est calme, reposé, entends-tu les clochettes tintinnabuler ?
Et demain matin, petit garçon,
Tu trouveras dans tes chaussons
Tous les jouets dont tu as rêvé,
Petit garçon, il est l'heure d'aller se coucher...

C'est officiel, je suis dans la quatrième dimension. Voire la cinquième, à ce stade…

Hélène est à fond, elle semble jouer sa vie.

Madeline, David et Donovan chantent également d'une voix pleine.

Ludovic chantonne, non sans me regarder d'un air compatissant, avec un haussement d'épaule signifiant qu'il comprend mon désarroi, mais qu'il vaut mieux suivre le mouvement quand on fait partie de cette famille.

La chanson paraît interminable. Au bout de dix fois, on a compris que le père Noël descendra par la cheminée… Et on a envie d'envoyer le gamin se coucher à coups de pied aux fesses, sous peine de ne pas avoir de cadeau le lendemain matin !

Lorsqu'elle se termine enfin, une autre prend le relais. Mais cette fois-ci, personne ne chante. À la place, tout le monde se lève. Madeline un peu moins vite que le reste de la bande, et un peu moins gracieusement.

Abasourdie, je regarde les uns et les autres se rapprocher et faire s'entrechoquer leurs carottes externes – je veux dire celles qui sont sur les pulls.

— Ça porte bonheur, m'indique Hélène en me tendant ostensiblement sa carotte pour que j'y frotte la mienne.

Et là, je me dis qu'en fait, c'est pour ça que David préférait m'amener moi, plutôt qu'une vraie petite amie. Aucun amour, aussi fort soit-il, ne peut résister à l'épreuve du frottement de la carotte, j'en suis certaine. D'ailleurs il s'approche de moi à son tour, et nous nous entrechoquons la carotte comme il se doit.

Avant de s'éloigner et de faire le tour du reste de l'assemblée, il me glisse à l'oreille un rapide « courage, c'est bientôt fini ».

En effet, une fois que tout le monde s'est souhaité plein de bonheur, que les carottes sont presque cuites, la mère de David saisit l'une des tasses de chocolat chaud et prononce ce qui doit être la phrase rituelle :

— Je déclare les festivités de Noël 2019 ouvertes ! Oh ! oh ! oh !

Chacun prend sa tasse, je fais de même, et tout le monde lui répond : « Oh ! oh ! oh ! »

Ce doit être le tchin d'ici.

Pilou tourne tout autour de nous, visiblement enchanté par la présence de toutes ces joues à lécher. Son pelage est un appel à la caresse. Je me penche un peu pour me mettre à sa hauteur et plonge ma main dans ses poils. J'ai rarement vu un aussi beau chien, à la fois élégant, mais avec un regard de chiot malicieux.

C'est le malicieux qui aurait dû m'alerter.

Comment expliquer ce qui se passe dans la tête d'un animal ? À un moment, Pilou s'est peut-être senti exclu de la fête, ou bien il n'avait pas eu suffisamment de croquettes dans sa gamelle du matin, ou que sais-je encore… Toujours est-il qu'alors que j'en termine avec mes caresses et que je me relève, il me saute à la carotte. Le légume tout entier dans sa gueule, il prend appui sur ses pattes arrière et se met à tirer, me propulsant du même coup plusieurs pas en avant sous l'effet de la surprise. Je tente tant bien que mal de dégager ma carotte de sa mâchoire, ce qui renforce son envie de jouer et décuple sa force. Si, dans son regard, je devine de la joie et du plaisir, manifestement il ne lit pas dans le mien la panique qui est en train de me gagner.

David et Hélène ont beau enjoindre au chien de lâcher, rien n'y fait, l'animal veut lui aussi sa part de carotte.

Combien de temps dure cette séquence, difficile à dire, mais à un moment, grâce à un dernier coup sec, le chien l'emporte sur le lainage, et la carotte se retrouve désolidarisée du pull. Dans l'élan, mon corps est projeté vers l'avant, et faute de réussir à rétablir mon équilibre je termine la tête la première et les fesses en l'air sur le canapé.

Est-ce qu'il y a des chances pour que personne n'ait rien vu ? Que tout le monde ait continué à boire son petit chocolat chaud en admirant la vue extérieure ?

Évidemment aucune, sinon ce ne serait pas drôle.

Lorsque je me redresse, mon pull de Noël désormais amputé de sa proéminence, cinq paires d'yeux sont fixés sur moi. Madeline est la première à éclater de rire et à mettre cette scène sur le compte du Grinch.

Le fou rire étant communicatif, elle est presque aussitôt suivie par les quatre autres.

Dans un coin du salon, Pilou, lui, tout heureux, détricote bout de laine après bout de laine son précieux butin.

Chapitre 13

Heure du premier repas frugal…

Deux heures après avoir bu nos chocolats chauds et écouté l'équivalent d'un concert en chansons de Noël, nous sommes attablés pour le premier repas post-cérémonie d'ouverture des festivités. Après l'épisode Pilou, qui paraît-il n'avait jusqu'alors jamais montré d'intérêt pour cet événement familial, nous avons eu le droit de retirer nos pulls.

Nous ne sommes que le 21 décembre, mais dans notre assiette, c'est déjà Noël. Pour ce soir, la mère de David a préparé une fricassée de chapon de pintade, accompagnée d'une purée de patates douces et de marrons rôtis.

Si ce rythme est maintenu jusqu'au 25 décembre, j'ai bien peur de rouler au lieu de marcher le jour de mon départ.

Ceci dit, je dois le reconnaître, Hélène est une cuisinière de talent, je me régale. D'ailleurs je me concentre sur mon assiette, redoutant la fameuse question qui va finir par m'être posée.

— Alors, Pauline, parlez-nous un peu de vous. Je veux tout savoir.

Cette question-là, précisément.

Non pas que je n'aime pas parler de moi. Mais en général, quand cette question est formulée de cette manière, c'est que l'on se trouve parmi des gens qui ne vous connaissent pas, et toutes les têtes se tournent vers vous à peine la dernière syllabe prononcée.

Et dans ces moments-là, j'ai toujours peur de sortir une énormité, de m'emmêler les pinceaux ou de prendre un mot pour un autre.

— Maman, n'oublie pas ta promesse, intervient David.

— Quoi ? Je ne la mets pas mal à l'aise, là, je lui demande juste qu'elle nous dise un peu qui elle est. J'ai quand même le droit de savoir qui va passer les fêtes de Noël avec nous, et comment cette jeune fille a réussi à faire battre ton cœur.

C'est gagné, je ne suis pas du tout mal à l'aise. Merci David.

— Que voulez-vous savoir, Hélène ?

— Eh bien, je ne sais pas, moi, pour commencer, dans quoi travaillez-vous, par exemple ?

— Je travaille dans une maison d'édition.

— Vous connaissez Guillaume Musso ? me demande Valérie. Je suis une très grande fan. J'ai lu tous ses romans, s'enflamme-t-elle.

— Non, je ne connais pas Guillaume, il est édité chez un autre éditeur. De fait, je n'édite pas de romans, mais des guides pratiques.

— Des trucs genre *Ta troisième vie sera la suivante de la deuxième* ? raille Donovan. Ça va te plaire, Maddie, toi qui raffoles de ce genre d'inepties.

— Alors un, ce ne sont pas des inepties, et deux, c'est *Ta deuxième vie commence le jour où tu comprends que tu n'en as qu'une*. Ton problème, à toi, c'est que tu n'as pas de cerveau.

Je ne peux m'empêcher de sourire face à Donovan, qui fait le petit garçon vexé par la remarque de sa sœur avant de lui sourire franchement, et d'éclater de rire. Est-ce que j'ai déjà dit que c'était le plus beau mec que j'aie jamais vu ? Ah oui, je crois. David, lui, ne rit pas du tout. Même pas un petit début de quelque chose qui pourrait faire penser à un esclaffement, voire à un renvoi…

— Oui, je publie ce genre de guides, mais aussi des ouvrages qui aident à s'organiser, ou encore qui expliquent des méthodes de rangement. Le dernier sur lequel j'ai travaillé s'intitule *Pas besoin d'être un super-héros pour réaliser ses rêves*.

— Ce doit être hyper intéressant, me dit Hélène. Et comment avez-vous rencontré mon fils ? ajoute-t-elle aussitôt, démontrant qu'en réalité son intérêt ne se porte pas tellement sur mes guides.

Il fallait bien qu'on y arrive. Les images de notre première rencontre devant son bureau, à regarder le film de vidéosurveillance de mes ébats avec Hervé me viennent aussitôt en mémoire, mais je ne suis pas certaine qu'elle soit vraiment prête à entendre cette version. Je choisis donc la simplicité qui, bien que beaucoup moins originale, est tout de même plus politiquement correct.

— J'habite dans l'immeuble dont votre fils est le gardien. Alors nous nous croisions de temps en temps.

— Et l'amour a finalement frappé à votre porte ! C'est tellement romantique, se réjouit Hélène.

— Oui, voilà… C'est ça.

Après tout, à un ou deux détails près, je vis avec David une histoire follement romantique. Bon, peut-être à quatre ou cinq détails près !

— Et vos parents ? poursuit Hélène. Ils ne sont pas déçus que vous ne passiez pas Noël avec eux ?

— Oh vous savez, dans ma famille on ne fête pas vraiment No…

Avant même que je ne finisse ma phrase, je sens que je suis en train de dire une bêtise. La température dégringole d'un coup, je pourrais presque voir de la fumée sortir de la bouche des convives. Si on était dans un film, ce moment serait accompagné d'un ralenti et d'une musique tragique.

— Enfin je veux dire, me reprends-je, mes parents ont gagné une croisière cette année. Ils sont heureux et rassurés que je puisse, malgré leur absence, fêter Noël en famille.

Fin du ralenti, de la température glaciale, il s'en est fallu de peu, pensé-je devant une Hélène qui hoche la tête de façon compréhensive.

— Comptez sur nous, alors, pour vous faire oublier l'absence de vos parents et vous faire passer des fêtes de Noël inoubliables.

Sur ce point, je n'en doute pas une seconde. Inoubliable, ce n'est pas obligé, en fait. Si ça l'est un peu moins, voire si c'est carrément oubliable, ça me va aussi.

— Comment fait-on pour dormir ? demandé-je à David, une fois de retour dans notre chambre après avoir englouti l'équivalent d'un semi-remorque de sablés à la cannelle.

J'en ai tellement mangé que j'ai l'impression de suer de l'épice de Noël par le bout des doigts.

— Comment fait-on pour dormir ? répète-t-il. Je suis un peu surpris, je pensais qu'à ton âge… Enfin, si tu ne sais pas, c'est assez simple, en fait : on s'allonge, on ferme les yeux, et en général au bout d'une dizaine de minutes, on finit par s'endormir.

— Ahahah, très drôle.

— Je trouve aussi, mais merci de le souligner avec autant d'enthousiasme et de sincérité.

— Plus sérieusement, si tant est que ce soit possible, il n'y a qu'un lit. Et nous sommes deux.

— Ça tombe bien, c'est un lit à deux places. Et comme il est assez large, avec un peu de chance, nous devrions réussir à dormir sans nous toucher.

— Dans le film avec Sandra Bullock, le type, il dort par terre…

— Et dans la vraie vie, le type, il dort dans son lit. Que la fille soit Sandra Bullock, Cameron Diaz ou Pauline. Mais ne t'inquiète pas, je sais me tenir, si c'est ça qui te fait peur.

— Ah, mais je n'ai pas peur.

— On ne dirait pas.

— Dois-je te rappeler la raison qui m'a amenée ici ? Je crois donc qu'on peut rayer « peur des hommes » de la liste.

— Alors, tout va bien ? me demande-t-il tout en ôtant son pull et déboutonnant son pantalon pour se retrouver en boxer, avant de s'allonger sur le lit.

— Tu vas dormir comme ça ? manqué-je de m'étouffer avec ma salive parfumée à la cannelle et aux écorces d'orange.

Ce type a un corps de rêve. Inutile de le nier. Torse imberbe, musclé juste ce qu'il faut. Je sens que je rougis, et je déteste ça. Quand on y réfléchit, rougir c'est un peu la double peine. On est gêné, et cerise sur le cupcake, on rougit pour que l'autre le sache. Génial.

— Je pense que oui. Quelque chose t'embête ? Tu préfèrerais que je dorme nu ?

— Non, non ! C'est parfait comme ça. Je vais aller me préparer également.

De ma valise, je sors mon pyjama et ma trousse de toilette avant d'aller m'enfermer dans la salle de bains.

Après Donovan, le mannequin canon, nous avons donc David au corps sublime. Corps qui sera allongé tout à côté du mien pendant plusieurs nuits…

Il faut que je me calme, et pour cela, rien de tel que de mettre en application tous les exercices de respiration dont je vante les mérites dans les guides que j'édite. Je vais en avoir besoin.

Je me déshabille, enfile mon pyjama, me lave rapidement les dents, puis m'assois sur le rebord de la baignoire, yeux fermés, bras à l'horizontale, jambes tendues. J'inspire et j'expire. J'inspire à fond, j'expire à fond. Qu'est-ce qu'il faut faire ensuite, déjà ? Ah oui, visualiser un paysage qui nous apaise. Alors, je pense à une plage de sable fin, j'entends le bruit des vagues. J'inspire de nouveau à fond, expire de nouveau à fond… Tellement à fond que je bascule à la renverse dans la baignoire, sans pouvoir retenir un cri de surprise bien sonore.

— Tout va bien Pauline ? s'inquiète David de l'autre côté de la porte.

— Oui, oui, c'est rien. C'est… J'ai fait tomber quelque chose dans la baignoire.

Ce quelque chose, c'est moi, mais ça, il n'a pas besoin de le savoir, pensé-je alors que je tente tant bien que mal de me redresser. C'est moi, ou cette baignoire est profonde comme une piscine ?

Dix minutes plus tard, démaquillée, pyjamatée, cheveux coiffés (essentiel, avant d'aller se coucher, d'être bien coiffée), je retourne dans la chambre pour retrouver un David toujours allongé de son côté du lit, en train de lire un bouquin, un polar que j'ai lu il y a quelques semaines.

Avant de me glisser sous la couette, je prends le roman que j'ai également emporté avec moi.

— Tu vas dormir comme ça ? me demande David, détournant un instant les yeux de son livre.

— Oui, pourquoi ? Il y a quelque chose qui cloche ?

— Non, rien. Il ne te manque plus que la ceinture de chasteté. C'est sûr qu'avec ce truc boutonné de bas en haut, il n'y a pas beaucoup de risque que je te saute dessus.

— Tu m'en vois ravie alors, raillé-je, un peu vexée quand même.

Il est très bien mon pyjama, je ne vois pas du tout ce qu'il lui reproche. Long, épais, douillet, tout à fait adapté à un séjour à la montagne.

Alors que je lis depuis près d'une vingtaine de minutes et que je suis complètement plongée dans l'histoire, David me prend soudain le livre des mains.

— *D'ici là, porte-toi bien*, énonce-t-il. Tout un programme ! Et de quoi parle ce roman à l'eau de rose ? Attends, laisse-moi deviner, poursuit-il sans me laisser le temps d'en placer une, c'est l'histoire d'une fille qui rencontre un milliardaire. Il est détestable et imbu de lui-même, mais elle le désire follement parce qu'il est beau comme un dieu. Ils s'engueulent en permanence, et malgré tout, le type se jette sur elle pour l'embrasser, faisant vibrer tout son corps de désir. Et le type devient d'un coup un amoureux transi et romantique.

— N'importe quoi ! répliqué-je en récupérant mon livre. Sache qu'être une femme ne nous condamne pas à lire des romances. On peut aussi s'intéresser à d'autres trucs.

— Comme ce bouquin ? me demande-t-il, amusé. Nan, parce que ça n'a pas l'air non plus d'aborder des questions philosophiques existentielles.

— Détrompe-toi ! C'est justement une réflexion sur la vie à travers le destin de femmes qui sont confrontées à des choix importants.

— Mouais, je ne suis pas convaincu.

— Par hasard, tu ne serais pas en train d'insinuer que parce que tu es un mec, ce que tu es train de lire est plus profond que ce que moi, pauvre femme cucul la praline, je peux lire ?

— Je n'insinue rien de tel. Je pense juste que niveau psychologie des personnages, un polar, c'est quand même autre chose.

— Pas besoin de psychologie pour savoir que dans celui que tu es en train de lire, celui qui a commandité l'enlèvement, c'est le mari[1], ajouté-je après un silence de quelques secondes pour parfaire mon effet.

— Hein ?

— Bonne nuit, mon cher David. Fais de beaux rêves.

Non, mais !

---

1. Alors là, c'est moche de faire ça ! Tu iras brûler dans l'enfer des spoilers !

Chapitre 14

22 décembre, 9 heures

Je craignais de passer une mauvaise nuit, faute de pouvoir bouger à mon aise, mais c'est tout le contraire qui s'est produit, j'ai dormi comme un bébé.

Comme quoi, ce n'est pas si difficile de dormir dans un lit à côté d'un gars gaulé comme un de ces types qui posent dans le calendrier des Dieux du stade.

J'ouvre les yeux, et réalise avec effroi que je suis tournée vers David, la jambe droite à moitié repliée sur lui. Jambe sur laquelle repose par ailleurs son bras.

Une conclusion s'impose : même dans mon sommeil, je suis incapable de me tenir.

David lui aussi se réveille, et forcément son regard se pose sur ma jambe et sur son bras. Un sourire amusé éclaire son visage.

— Ce n'était pas prévu au programme du jour, me dit-il, mais…

— Jamais la première fois dans un lit, rétorqué-je du tac au tac, histoire de masquer le trouble qui m'a pourtant envahie au contact de sa main sur ma cuisse. Tu me connais, je préfère les endroits moins conventionnels.

— Suis-je bête ! À quoi bon le moelleux d'un matelas, quand on peut avoir la rugosité du béton. Heureusement, il y a également plein de murs dans cette pièce, ajoute-t-il avec un clin d'œil.

Puis il enlève sa main de ma jambe, se lève et se dirige vers la fenêtre pour actionner l'ouverture automatique des volets. Alors que petit à petit la pièce s'inonde de lumière, il s'étire.

N'allez pas croire que je le mate, pas du tout, je ne fais juste que, disons, regarder. Comme on observerait un chat qui étire ses pattes, en mode fille détachée, quoi.

Il a les épaules larges et le dos musclé. Certaines aiment les fesses, moi je préfère les dos. Un homme avec un dos bien dessiné, c'est plein de promesses.

Avant de commencer à considérer que je pourrais faire mon affaire d'un bout de sol sans moquette, je me lève à mon tour et file dans la salle de bains pour prendre une bonne douche.

Froide, la douche.

Il est 9 h 30 lorsque nous descendons rejoindre le reste de la famille. Je ne peux m'empêcher de m'arrêter quelques minutes pour contempler la vue fantastique qu'offrent les baies vitrées. Le soleil irradie les montagnes enneigées, le ciel est d'un bleu digne d'une pleine journée d'été.

Les effluves qui proviennent de la cuisine sont divins et finissent par me sortir de ma contemplation. Comme pour le repas d'hier, Hélène et son amie Valérie s'activent tout en papotant.

Je m'assois à côté de David, à l'immense table en bois qui trône au milieu de la pièce. Elle est déjà chargée de victuailles : brioche, croissants, pains au chocolat, crêpes, mais aussi salade de fruits, fromage blanc, granola, fromages, charcuterie.

— Les saucisses et les œufs brouillés seront prêts d'ici deux minutes annonce Hélène. J'imagine que vous devez avoir faim, dit-elle à mon intention, non sans le fameux clin d'œil. L'exercice, ça creuse !

Deuxième clin d'œil.

Oui, juste pour le cas où j'aurais loupé le premier.

David, qui étale une généreuse couche de confiture de rhubarbe sur une tranche de brioche non moins épaisse, fait celui qui n'a rien entendu.

Madeline, elle, éclate de rire.

— Maman, laisse-les tranquilles tous les deux. Regarde, Pauline est rouge comme une tomate !

Ce qui, évidemment, a pour effet de renforcer le cramoisi de mes joues.

— Je n'ai rien dit ! s'offusque Hélène, tout en déposant devant chacun d'entre nous une assiette pleine d'œufs brouillés sur lesquels sont disposées trois petites saucisses visiblement croustillantes.

Un gargouillis sonore se fait alors entendre.

En provenance de mon estomac.

— Eh bien, c'est le Grinch qui gronde comme ça ? demande Donovan, alors qu'il vient d'arriver dans la cuisine à son tour.

— Nan, c'est l'estomac de Pauline, réplique Madeline tout en enfournant un énorme morceau de crêpe dans sa bouche. Elle est affamée, après la nuit qu'elle a passée avec notre frère, poursuit-elle en continuant de dévorer ce qui se trouve devant elle.

— Je ne te connaissais pas une telle fougue sexuelle, mon cher frangin, raille Donovan à l'intention de David.

— Tu te sens menacé ? réplique celui-ci sans l'ombre d'un sourire.

Apparemment, tout le monde a oublié que je suis présente. Tiens, et si prenais un peu de fromage blanc plutôt ? Oui, c'est bon, du fromage blanc, c'est frais, ça se mange tout seul. Manger, et surtout ne croiser le regard de personne.

— Vous n'allez pas commencer dès le petit-déjeuner, tous les deux ? Ce n'est pas si souvent que nous sommes tous réunis ici. Et pour une fois que David est accompagné, tu pourrais te réjouir pour ton frère. Allez, viens t'asseoir et mange.

Heureusement, Donovan ne trouve rien à répondre à sa mère et s'assied.

— Maman, c'est délicieux, poursuit Madeline comme si de rien n'était. Quand j'aurai accouché et que je serai une loque humaine faute de nuits décentes, promets-moi que tu viendras me cuisiner des omelettes.

— J'espère que vous avez une assurance-vie ? demande aussitôt Ludovic. Parce que privée de sommeil, sachez que votre fille devient violente.

— Attends de voir ce que ce sera en salle d'accouchement ! Il n'est pas exclu que je cherche à te tuer si jamais j'ai trop mal. Parce que bien entendu, à ce moment-là, cet enfant sera entièrement de ta faute.

Je souris.

Bien trop heureuse que le sujet de mes prouesses sexuelles avec David ne soit plus tendance.

Le petit-déjeuner se poursuit ainsi pendant près d'une heure, ponctué des potins racontés par Hélène et par l'humour de Madeline et Ludovic. David et Donovan, eux, sont restés quasiment silencieux.

— Ce n'est pas tout ça, mais il est temps de se préparer pour la course, lance Hélène en se levant. Nous avons un titre à défendre.

Il existe un tas de courses : des courses de chevaux, des courses à pied, des courses d'orientation, en passant par les courses au supermarché… Néanmoins, emmitouflée dans une combinaison de ski vert fluo gentiment prêtée par Madeline, c'est bien à une course de luge que je m'apprête à participer.

En bas de la piste, qui me paraît vertigineuse, mon bolide à la main au bout d'une corde, je n'en mène pas large. Est-ce que c'est maintenant que je dois annoncer que j'ai peur de tout ce qui va vite ? Notez que je n'ai pas eu peur d'Hervé, alors qu'en terme de rapidité, il se posait là. Mais là n'est pas le sujet, je vous l'accorde.

D'après ce que j'ai compris, il s'agit d'une course individuelle. Chacun ses fesses sur son engin de mort en plastique, trois, deux, un, glissez (ou, plus probablement, décédez en ce qui me concerne).

L'année dernière, David, Madeline et Donovan ont remporté, et dans cet ordre, les trois premières places.

— Je sens que cette année, on va assister à la revanche des femmes, affirme Valérie. N'est-ce pas, Hélène ? Montrons-leur, à ces petits jeunes, de quel bois on se chauffe. David, la fin de ton règne a sonné !

— Avec plaisir, répond ce dernier. D'autant que cette année, je ne participe pas. C'est Pauline qui va défendre les couleurs de notre couple. N'est-ce pas, ma chérie ? me lance-t-il avec une légère hésitation sur le mot doux.

Lorsque je me préparais dans la chambre tout à l'heure, j'ai essayé de me soustraire à l'exercice, mais David m'a rappelé le service que j'ai accepté de lui rendre : je suis là pour lui épargner de participer cette année à toutes les activités familiales.

— Et puis, enchaîne-t-il, il faut bien que quelqu'un reste avec Maddie. Au cas où elle déciderait d'enfanter son monstre à poils verts directement sur la neige.

— Sache que le monstre t'entend quand tu parles. Ne viens pas te plaindre s'il te fait pipi dessus la première fois que tu lui changeras sa couche.

— Tu seras aux premières loges pour assister à ma victoire comme ça, frangin, fanfaronne Donovan.

— Je crois très fort en ma partenaire. Elle va pulvériser le record de vitesse.

Jusqu'ici, mes seuls faits d'armes en matière de pulvérisation se limitent à la bombe insecticide, ce qui ne sera pas aujourd'hui d'une grande utilité, je le crains. Mais sinon, quand on parle de record de vitesse, c'est dans quel sens ? Est-ce qu'il y a un record pour ceux qui vont le moins vite, et qui arrivent en bas les derniers ? Non, parce que ça pourrait m'intéresser.

Je n'ai pas le temps de formuler cette interrogation à voix haute, que Donovan passe son bras sous le mien et m'entraîne vers le sommet de la piste.

— Alors, comme ça, tu es une championne de luge ?

— Pas vraiment, avoué-je, préférant sur ce coup jouer la carte de l'honnêteté. C'est même la première fois que je vais monter sur une luge, pour tout te dire. David s'emballe un peu.

— Ça ne m'étonne pas de lui… Est-ce que tu veux que je te montre comment on pilote ? On peut s'entraîner sur une petite portion de piste, tu pourras t'installer entre mes jambes pour avoir de meilleures sensations ensuite.

— Euh oui, pourquoi pas, c'est gentil à toi…

Je ne termine pas ma phrase, interrompue par un David qui court vers nous, en tirant derrière lui une luge qu'il a sans doute empruntée.

— Finalement, j'ai décidé de participer !

— Bah, et moi alors ? Tout le monde se fiche du risque que j'accouche dans la neige, si je comprends bien ? crie Madeline pour se faire entendre. Ah, elle est belle la famille !

Je suis prête à saisir l'occasion d'abandonner la compétition, mais David m'attrape le bras pour m'en empêcher.

— Tu vas voir, c'est sympa, me dit-il.

Décidément, il faudra vraiment que je lui apprenne à employer le mot *sympa* à bon escient. Quinze minutes plus tard, essoufflée comme un bœuf de dix tonnes qui a repris trois fois de la raclette, je suis en haut de la pistc, assise dans ma luge, les pieds bien calés et les mains crispées sur les manettes. Avec un peu de chance, mes fesses seront trop lourdes et je resterai là, bloquée tout en haut, pensé-je soudain.

Ragaillardie par cette perspective, je déchante hélas quelques secondes plus tard en réalisant que des personnes réquisitionnées par la ville pour l'organisation de cet évènement mondain, et probablement mal intentionnées, vont nous pousser afin de nous aider à prendre de l'élan. Misère.

Alors que David m'adresse un grand sourire d'encouragement, et que j'ai envie de lui balancer un coup de pelle, les choses s'enchaînent très rapidement.

Un type en redingote noire par-dessus sa combinaison de ski fluo, cela va de soi, tire un coup de feu pour signifier le départ de la course. Je me sens propulsée en avant grâce au type derrière moi, qui doit certainement penser qu'il joue sa vie sur cet élan.

Ma luge prend immédiatement de la vitesse, au point que j'ai l'impression qu'elle va se désintégrer sous moi. J'hésite sur l'attitude à adopter : fermer les yeux pour ne pas voir la mort venir ou hurler de terreur. Je choisis la seconde option, et telle une Josiane Balasko sur ses skis, je m'époumone : ça va trop viiiiiiiiiiiiite !

Il faut croire que non, si j'en crois les courants d'air générés par les concurrents qui me dépassent, et qui prennent rapidement de l'avance, suivant la courbe de la piste.

Une courbe ? Comment ça, une courbe ?

Je n'ai pas vraiment le temps de me pencher sur cette histoire, car à mon grand désespoir je vois s'éloigner ladite courbure de mon champ de vision, remplacée par le mur de neige vers lequel ma luge se dirige tout droit.

Dans un réflexe de survie, je tire sur les manettes de toutes mes forces, ce qui arrête la luge quasi instantanément.

La luge, oui.

Mais mon corps, non.

En raison d'une obscure loi de la physique, dont tout le monde se fiche en temps normal, et que personne n'est capable de réciter, je me retrouve propulsée en avant, les bras écartés, avant de m'encastrer tel un ange vertical dans le mur de neige.

Figure artistique s'il en est, qui cependant sonne la fin de ma prometteuse carrière de lugeuse.

Plutôt manger des blattes vivantes que de remonter sur cet engin.

Peut-être pas vivantes…

Et pas non plus des blattes…

Enfin bref, plus jamais de luge, ça c'est sûr.

Chapitre 15

Trente minutes plus tard (le temps d'épousseter la neige, quoi)

Tous les concurrents ont déjà franchi la ligne d'arrivée lorsque j'arrive à mon tour, ma luge dans les bras.

— Nous commencions à nous inquiéter, me dit Hélène avec sincérité.

— Oh, il ne fallait pas. J'ai juste eu envie de profiter du paysage. La vue est magnifique, c'était bête de descendre à toute vitesse sans prendre le temps d'admirer.

— Tu as fait une chute ? s'inquiète David.

— Absolument pas ! Je me suis arrêtée dans un mur de neige, ce qui est totalement différent, répliqué-je, mi-sérieuse, mi-amusée.

À quoi bon nier le comique de la situation. Et je ne suis jamais la dernière pour me moquer de moi-même.

Madeline éclate de rire, aussitôt suivie par l'ensemble de la famille.

— J'ai toujours craint que tu ne nous ramènes une rabat-joie, je te dois des excuses, poursuit Madeline en s'adressant à David avec un grand sourire. Je suis ravie que tu aies rencontré Pauline. Elle me plaît beaucoup.

— Merci, sœurette. Elle me plaît beaucoup à moi aussi.

C'est moi, ou il est sérieux ? Et pourquoi est-ce que j'ai soudain l'impression d'avoir avalé des papillons ?

— Elle aurait pu se faire mal, intervient Donovan, si seulement tu m'avais laissé lui apprendre les manœuvres de base…

Avant que David ne lui réplique quelque chose, Madeline intervient :

— Vous n'allez pas recommencer, franchement vous êtes pénibles tous les deux. Viens Pauline, je te propose d'aller fêter avec moi ta presque première descente en luge autour d'un chocolat chaud.

Elle m'attrape aussitôt le bras et m'entraîne vers un salon de thé dont je devine l'enseigne en contrebas, laissant le reste du groupe en plan.

— Mais, et les autres ?

— Ne t'inquiète pas pour eux, ils sont grands. Ils vont trouver de quoi s'occuper. Et comme ça, tu vas pouvoir m'expliquer comment tu t'es retrouvée ici à jouer les petites amies.

Attablées devant deux tasses fumantes de chocolat recouvertes de mini marshmallows, j'ai espoir que Madeline change de sujet, mais c'est visiblement mal la connaître.

— Alors, pour quelles raisons joues-tu la comédie ?

— Je ne vois pas du tout de quoi tu parles, moi et David on est ensemble depuis peu, mais…

— Je suis sa sœur, je sais comment il est quand il est avec une fille, et clairement, il se comporte différemment avec toi.

— C'est-à-dire ? demandé-je de manière un peu trop intéressée pour tenir ensuite le fil du mensonge.

— Avec toi, il est à l'aise et détendu.

— Ah oui, ça explique pourquoi tu penses que nous ne sommes pas ensemble. Être à l'aise et détendu, en effet, c'est suspect, voire carrément inquiétant.

Elle rit.

— Si tu connaissais le David amoureux, tu comprendrais. Ça le rend gauche, maladroit. Et par dessus tout, quasi muet.

— Donc là, si je résume, tu es en train de me dire, à moi, la petite amie de ton frère, que s'il est à l'aise et détendu, c'est qu'il ne m'aime pas. Rien de tel pour me récompenser de ma descente en luge !

— Dit comme ça, c'est un peu violent, je te l'accorde, mais comme je suis certaine que tu n'es pas sa petite amie, il n'y a rien de méchant. D'ailleurs, j'étais sincère tout à l'heure. Je suis ravie qu'il t'ait amenée ici, je te trouve vraiment sympa. C'est juste que j'échafaude mille hypothèses depuis ce matin, et qu'en tant que femme qui a l'air d'avoir avalé une montgolfière, j'ai le droit de savoir !

— Quel est le rapport ?

— Il n'y en a pas, mais en général, quand je joue la carte de la femme enceinte, ça marche à tous les coups.

Décidément, Madeline me plaît beaucoup, même s'il ne lui a fallu que quelques heures pour démasquer notre supercherie.

— C'est un peu gênant à expliquer, et en plus j'ai promis de…

— Je ne dirai rien, me coupe-t-elle. Et toi aussi, le Grinch, je t'ordonne de ne pas vendre la mèche, dit-elle en s'adressant à son ventre. Tu vois, lui aussi sera muet comme une carpe.

— Bon, tu as raison, nous ne sommes pas ensemble.

— Je le savais ! s'exclame-t-elle comme si elle avait encore des doutes quelques secondes auparavant.

Je crois que je me suis fait avoir sur ce coup-là.

— Il t'a payée pour venir ? Tu es comédienne ? poursuit-elle.

— Non, il ne m'a pas payée et non, je ne suis pas comédienne. J'édite bien des guides pratiques. Et nous vivons bien dans le même immeuble.

— Mais alors, comment t'es-tu retrouvée ici ?

— Disons que je me suis mise dans une situation un peu délicate, à base d'enregistrement un peu tendancieux…

— Il te fait chanter ? s'étouffe-t-elle à moitié avec un mini marshmallow.

— Non ! Pas du tout ! J'ai fait quelque chose de stupide, et disons que David est le dépositaire des images. Quand je l'ai découvert, je lui ai dit que j'étais prête à faire n'importe quoi pour lui s'il acceptait de les effacer. Et il m'a demandé de l'accompagner, voilà.

— Alors celle-là, je n'y aurais jamais pensé. C'est bizarre comme proposition, non ? En général, dans ce genre de situation, le type demande de l'argent ou des faveurs sexuelles… Oh ! mon Dieu, ne me dis pas qu'il t'oblige à…

— Mais non ! Jamais je n'aurais accepté, sinon. Et ton frère n'est pas comme ça. Il voulait que je vienne avec lui, c'est tout.

— Mais pourquoi ? Avoue que ce n'est pas un service trop coûteux que de venir passer les fêtes de Noël en notre compagnie, dans ce cadre magnifique.

— C'était pour avoir la paix. Pour qu'on le laisse tranquille sur le fameux *Alors, quand est-ce que tu nous présentes quelqu'un ?*. Enfin, c'est ce qu'il m'avait dit. Mais à bien y réfléchir, je crois qu'il n'a pas été complètement honnête sur ses raisons.

— Tout ça me donne faim ! Tu n'as pas faim, toi ? Je meurs d'envie d'une gaufre au sucre recouverte de chantilly.

Elle ne me laisse pas le temps de répondre et arrête un serveur qui passe près de nous.

— Je voudrais deux gaufres au sucre avec supplément de chantilly. Ah, et un petit pot de sirop d'érable pour aller avec. Merci. Tu vas voir, ils cuisinent les gaufres comme personne, ici. Mais surtout, ne le dis pas à ma mère, elle est un petit peu chatouilleuse sur le sujet. Donc, tu disais ? Il n'a pas été honnête ?

Malgré moi, j'éclate de rire.

— Pardon, mais tu me fais rire. Non, je crois en effet qu'il m'a fait venir pour une tout autre raison.

— Le sexe ? Nous y voilà, je savais bien qu'il en serait question !

— Mais pas du tout ! Tu as une passion pour la sexualité de ton frère, ou quoi ?

— Absolument pas, c'est juste que je suis en manque. Avec ce ventre que je me trimballe partout, autant te dire que je ne grimpe pas aux rideaux tous les jours. Les tringles n'y résisteraient pas. Mais si ce n'est pas le sexe, c'est quoi alors ?

— Donovan. Je crois que ça a un lien avec Donovan. Ils sont tout le temps comme ça l'un envers l'autre ?

— D'aussi loin que je me souvienne oui. Enfin, non, quand ils étaient gamins, ils s'entendaient bien. À mes dépens, bien sûr. Et puis, petit à petit, les choses ont changé, leurs relations sont devenues plus conflictuelles. Ça fait des années maintenant qu'ils se cherchent des poux.

— Et tu sais pourquoi ?

— Parce qu'ils sont frères, j'imagine. Quel serait le rapport entre ta venue et Donovan ? Tu le connaissais ?

— Non, du tout. Je ne sais pas, pour régler un compte, peut-être. En tout cas, c'est un sujet sensible. Quand on lui parle de Donovan, il se ferme complètement.

— Peu importe, je suis ravie que David t'ait proposé de lui rendre ce service. Je sens qu'on va bien s'amuser ces prochains jours.

Nous sommes interrompues par le serveur, qui dépose les deux gaufres sur la table.

— Et toi ? me demande-t-elle, tu es sûre que tu ne veux rien commander ?

Chapitre 16

Une bonne heure et demie plus tard

Une fois les gaufres englouties, avec un autre chocolat chaud pour faire passer le tout, Madeline me propose de visiter Santa-les-Deux-Sapins. Le soleil brille toujours, et la douceur de l'après-midi, malgré la saison, invite en effet à une balade digestive.

Après avoir longé pendant quelques minutes un chemin ponctué de petits lutins facétieux en céramique et de cannes de sucre d'orge plantées dans le sol, nous débouchons sur la place du village au milieu de laquelle trône le sapin de Noël le plus gigantesque que j'aie jamais vu. Il est recouvert de guirlandes lumineuses et de décorations : nœuds en satin rouge, cloches scintillantes, pommes de pin, bonbons rayés rouge et blanc… À son pied, un traîneau est rempli de cadeaux. Une vraie féerie pour les yeux, même pour l'indifférente à Noël que je suis.

— Waouh ! Ça, c'est ce que j'appelle un sapin de Noël ! m'exclamé-je.

— C'est vrai qu'il est beau. Nous passons près de quinze soirées à le décorer chaque année. L'ensemble du village y participe. Les élèves de l'école primaire fabriquent chaque hiver de nouvelles décorations. Certaines ont plusieurs dizaines d'années et sont conservées comme des reliques. Tu vois cette cloche sur la gauche ? Celle qui est dorée, avec des fleurs rouges peintes par-dessus, eh bien c'est moi qui ai participé à sa confection lorsque j'étais en CM2. Elle nous a pris des mois.

Alors que j'admire ladite cloche, je prends soudain conscience de quelque chose :

— Mais au fait, il n'y a pas de sapin, dans votre chalet ?

— Non, pas encore. Traditionnellement, nous allons le couper dans les bois le 23 décembre, et nous le décorons en famille le 24. Maman tient beaucoup à ce respect des dates. Et ensuite, on profite du sapin pendant tout le mois de janvier, un moyen de prolonger un peu la magie.

À côté du binôme sapin-traîneau trône un immense kiosque ouvert en bois blanc, avec un toit vert. Au sol, un plancher est en cours d'installation.

— C'est pour accueillir une chorale, le kiosque là-bas ?

— Non, c'est pour le Bal des lutins.

— Un bal en plein air au plus froid de l'hiver ? Mais on doit se geler !

— Des braseros vont être installés tout autour de la piste. Tu verras, on est comme enveloppés par une chaleur de feu de cheminée. C'est super agréable. Et particulièrement romantique, je dois dire. Résultat, tous les ans en septembre, il y a une explosion de naissances.

— Comment ça, je vais voir ?

— Eh bien, ça aussi c'est une tradition à Santa, on se réunit après le réveillon pour danser quelques valses. Donc, tu n'y couperas pas. Passer Noël avec nous signifie danser au Bal des lutins.

C'est vrai qu'un bal, ça manquait au tableau !

Tout autour de la place se trouvent des magasins dont les vitrines sont, comme il se doit, richement décorées de guirlandes et de branches de sapin blanchies à la bombe à neige.

La boulangerie vend des brioches en forme de lutins, forcément. Entre un marchand de jouets en bois et un fabricant de luges, une boutique de boules à neige est entièrement consacrée au père Noël…

Chaque devanture me pousse un peu plus en dehors du temps. En fond sonore, on peut entendre des chants de Noël diffusés de part et d'autre de la place par plusieurs haut-parleurs.

— C'est ici que tu as ta boutique ? demandé-je à Madeline. David m'a dit que tu vendais des robes de mariée.

— Je ne fais pas que les vendre, je les crée également. Oui, mon magasin est un peu plus bas, tu veux qu'on s'y arrête quelques minutes ?

— Avec plaisir !

Je n'ai pas une passion pour l'institution du mariage, en revanche, je bave depuis toujours devant les robes de mariée. Une fois, j'ai même hésité à m'en acheter une, rien que pour le plaisir de pouvoir la porter chez moi.

Nous nous engageons dans une rue en contrebas de la place principale, où je découvre plusieurs petites boutiques – bijoux, chapeaux, bottes – qui me donneraient une furieuse envie de faire du shopping si tous les articles n'étaient pas à la gloire de Noël. Des bottes noires avec des têtes de père Noël, c'est quelque peu difficile à porter.

Je crains le pire concernant la boutique de Madeline. Mais quand nous nous arrêtons face à la devanture, surmontée d'une enseigne en bois sculptée du nom *Le Plus Beau Jour de ma vie*, je suis pleinement rassurée : le blanc et l'ivoire y sont les couleurs dominantes.

— Nous y sommes ! m'indique Madeline. Voici ma deuxième maison, celle où je passe en réalité le plus clair de mon temps.

L'endroit n'est pas très grand, mais arrangé avec beaucoup de goût. Un parquet de bois clair, plusieurs fauteuils en velours fuchsia, quelques plantes grimpantes. Des portants garnis d'une multitude de robes courent le long de chaque mur. Au fond de la boutique, un grand miroir aux contours travaillés, devant lequel un petit plot de bois blanc permet à la mariée, en grimpant dessus, d'évaluer le tombé de la robe.

Je m'approche pour admirer les créations de Madeline. Elle travaille des matières nobles, la dentelle, le satin, mais aussi pour certaines pièces le velours. Les robes sont sobres, mais on devine un important travail de recherche sur les coupes et les associations de matières. Tout cela donne une impression de grande élégance.

— Tes robes sont magnifiques, lui dis-je avec sincérité. Ça donnerait presque envie de se marier, rien que pour pouvoir en porter. J'avoue que je m'attendais à trouver des guirlandes et des boules cousues sur les bustiers.

— Ça m'est arrivé de créer des robes dans cet esprit-là, oui, mais majoritairement, les femmes optent pour un style traditionnel.

— Ça fait longtemps que tu es installée ?

— Une petite dizaine d'années. À peine mes études de stylisme terminées, j'ai choisi de revenir à Santa-les-Deux-Sapins pour y créer mes robes de mariage. J'étais convaincue que ça marcherait. Quel meilleur cadre que celui des montagnes enneigées pour se marier ? La boutique ne désemplit pas, et les mois d'hiver sont même de plus en plus prisés parce qu'ils permettent de porter des robes longues, des gants, de beaux manteaux.

Tandis que j'écoute Madeline en admirant l'ensemble de ses créations, mon regard est attiré par un portant placé derrière un rideau entrouvert. Je me disais aussi. Sur les cintres, du rouge, du vert, du scintillant…

— Et tout ça, là-bas ? demandé-je en le désignant du menton. C'est pour les femmes moins traditionalistes ?

— Quoi, ça là-bas ? fait Madeline en se retournant. Ah, non ! Il s'agit des robes pour le Bal des lutins. J'en fabrique aussi quelques-unes à la demande. Tu veux les voir ?

Elle ne me laisse pas le temps de répondre et file derrière le rideau pour pousser vers moi le portant long de plusieurs mètres.

— Avoue que c'est magnifique, s'exclame-t-elle tout sourire, en décrochant une robe longue en velours vert entièrement brodée de sapins rouge et blanc.

— Magnifique, ce n'est pas le mot que j'emploierais, mais disons que c'est dans le thème.

Alors que je m'apprête à dire que je préfère nettement le blanc et l'ivoire qui dominent le reste de la boutique, Madeline, sûre de son fait, décroche une robe qui me coupe le souffle. Velours rouge, mi-longue, coupe patineuse avec un jupon évasé comme on les portait dans les années 1950. Sur tout le bas de la robe est cousu un épais galon de fourrure ivoire, que l'on retrouve sur les manches. Le bustier est paré de plusieurs boutons blanc nacré. L'ensemble est superbe.

— Elle te plaît ?

— Là, je dois dire…

— Essaie-la !

— Non, non ce n'est pas la peine.

— Mais si, vas-y, essaie-la. C'est ta taille.

— Comment le sais-tu ?

— Eh bien, il se trouve que tu fais la même taille que moi, si j'en juge à la combinaison de ski que je t'ai prêtée tout à l'heure. Et cette robe est la mienne, c'est celle que je porte chaque année pour le Bal des lutins. Je suis certaine qu'elle t'irait à ravir. Tu devrais la porter pour l'occasion.

— Je ne vais pas te priver de ta robe.

— Est-ce que tu m'as bien regardée ? dit-elle en riant et désignant son ventre proéminent. Pour moi cette année, ce sera grande salopette verte et blanche à rayures. Horizontales, les rayures, cela va de soi.

Elle me met la robe entre les mains et me pousse jusqu'à la cabine d'essayage. Sous mes doigts, le tissu est d'une douceur incroyable.

Comme il paraît inutile de résister, je me déshabille et enfile la robe de Madeline. Elle est légère, et pourtant suffisamment lourde pour avoir un tombé impeccable. Elle est en effet parfaitement à ma taille.

— Alors ? piaille Madeline de l'autre côté de la cabine.

— Mouais… Pas mal, fais-je sur un ton volontairement peu convaincu.

— Comment ça, pas mal ? s'indigne-t-elle en écartant le rideau sans prévenir. N'importe quoi ! poursuit-elle après quelques secondes. Si c'est à ça que je ressemble quand je la porte, punaise, je suis canon.

N'y tenant plus, je sors et me place devant le miroir de la pièce principale pour admirer mon reflet. Est-il possible de tomber amoureuse d'une robe ?

— S'il n'est pas encore question de parties de jambes en l'air avec David, crois-moi que quand il t'aura vue dans cette robe, je ne donne pas cher de ta petite culotte !

J'éclate de rire.

— Surtout si tu portes celle-ci, poursuit-elle en m'en tendant une qu'elle a extirpée d'un tiroir, et sur laquelle une broderie rouge du meilleur goût notifie : *En manque de sucre d'orge.*

Chapitre 17

L'heure du pop-corn

Il est quasiment 18 heures lorsque nous rentrons au chalet. J'ai passé presque tout l'après-midi en compagnie de Madeline, sans voir le temps filer.

Après notre passage dans sa boutique, elle a tenu à me montrer tous les endroits qu'elle affectionne à Santa-les-Deux-Sapins. Bien qu'elle s'en soit défendue, je la soupçonne d'en avoir ras le bol d'abriter le Grinch, et de tenter d'accélérer les choses en multipliant les longues marches.

Nous sommes accueillies par une forte odeur de maïs soufflé. Quasiment partout où se posent mes yeux, se trouvent des saladiers remplis de pop-corn. Il va nous falloir beaucoup de films à regarder pour pouvoir engloutir tout ça.

— Ah ! les filles, vous revoilà, s'exclame Hélène en nous apercevant. Pile à l'heure pour commencer à fabriquer les guirlandes. Nous ne sommes pas en avance, alors si nous voulons respecter le timing, il faut s'y mettre.

— Le pop-corn, c'est pour nous donner du courage ? demandé-je sans doute un peu bêtement, vu les rires que ma question déclenche.

— Non, le pop-corn, c'est pour faire les guirlandes ! Elles seront accrochées au-dessus de la piste de danse pour le Bal des lutins. Enfin, ça, c'est si on s'y met tout de suite ! Parce que ça ne va pas s'enfiler tout seul.

Je cherche confirmation du regard auprès de Madeline, mais celle-ci est en train de s'avaler discrètement la matière première.

— Maddie ! la réprimande gentiment sa mère. Tu ne peux pas attendre qu'on ait terminé, au moins !

— C'est la faute du Grinch ! Si je ne le nourris pas toutes les dix minutes, il m'envoie des giclées d'acide dans l'estomac. Si un jour cet enfant devient un dictateur, il ne faudra pas dire que je ne vous aurai pas prévenus !

— C'est de mon fils que tu parles comme ça ? lui demande Ludovic en l'enlaçant et en l'embrassant dans le cou. Tu m'as manqué cette après-midi, femme.

Ils sont touchants, tous les deux. L'amour qu'il y a entre eux est palpable.

— Hey, il y a des hôtels pour ça ! s'exclame Donovan, présentement avachi sur le canapé. Certains, ici, ont le cœur chaste.

— Ah bon, qui ça ? Je ne vois personne, moi, rétorque Madeline avant de se mettre à rire et de s'asseoir sur le canapé en posant ses pieds sur les genoux de Donovan. Mon pauvre frère, je te souhaite d'aimer un jour quelqu'un d'autre que toi-même.

— C'est un coup bas, ça, Maddie, réplique Donovan faussement vexé.

— Ce n'est pas moi, c'est le Grinch qui parle, dit-elle en évitant le coussin que lui balance son frère.

— Et David, où est-il ? demandé-je après avoir remarqué qu'il est le seul à manquer à l'appel.

— Je crois qu'il est monté dans votre chambre, me répond Hélène. Je le soupçonne de vouloir échapper aux guirlandes de pop-corn.

— T'inquiète maman, nous n'avons pas besoin de lui, dit Donovan, je peux travailler pour deux.

— Je vais le chercher, dis-je.

Après tout, je suis censée être sa petite amie. Et c'est ce qu'une petite amie ferait dans cette situation. Je monte donc les escaliers et me dirige vers la chambre, dont la porte est entrouverte.

David est bien là, allongé sur le lit, avec dans les mains… le roman que j'ai commencé à lire hier soir.

— Ah ah ! Je te prends sur le fait, m'exclamé-je en ouvrant brusquement grand la porte, ce qui le fait sursauter. Alors comme ça, on abandonne ses polars à la sauce testostérone, pour des livres prétendument cucul la praline ?

— C'est uniquement dans une démarche scientifique, se défend-il. Juste un ou deux chapitres pour conforter mon opinion.

— Un ou deux chapitres, tu dis ? Tu en es à la page 157 ! constaté-je en lui prenant le roman des mains. Avoue que tu aimes, et que tu es embarqué dans l'histoire.

— Pas du tout. C'est juste que… Bon, allez, j'avoue, c'est pas mal ton truc. Ça manque de cadavres, de corps dépecés et de flics bourrus, mais c'est pas mal. Jessie, notamment, me fait beaucoup rire. Et sinon, me demande-t-il en refermant le livre, ça s'est bien passé avec Maddie ?

— Oui, c'était très chouette. Ta sœur a une personnalité qui me plaît beaucoup. Nous sommes allées voir sa boutique, elle a vraiment du talent. Et… Elle m'a parlé du bal aussi…

— Ah oui, c'est vrai, j'avais presque oublié… Le bal des Lutins. Inutile d'essayer d'y échapper, ma mère est la présidente du comité d'organisation.

— Je devrais y survivre. Et puis, une promesse est une promesse.

— Oui, c'est vrai… La promesse.

Un instant, je crois déceler de la déception dans sa voix, mais c'est fugace. Je n'ai de toute façon pas le temps de m'appesantir sur cette impression, puisque nous sommes interrompus par Hélène, qui nous rappelle à l'ordre depuis le bas de l'escalier : la famille entière est réquisitionnée pour la fabrication des guirlandes de pop-corn.

Deux heures et plusieurs dizaines de mètres de guirlandes plus tard, je me jure de ne rien manger jusqu'au lendemain matin. La formule trois grains de pop-corn enfilés, un grain de pop-corn mangé a eu raison de mon foie.

C'est sans compter sur Hélène, toute à sa joie de voir sa famille réunie autour d'une table pour les fêtes, et qui a visiblement pour projet de nous faire éclater l'estomac. Au menu du dîner : foie-gras sur figues rôties, poulet en roulade à l'estragon et mousse de clémentines.

Le dîner se déroule comme celui de la veille au soir, dans une ambiance familiale extrêmement animée à laquelle je suis peu habituée. Hélène parle des préparatifs du bal, ainsi que de la sortie en forêt prévue le lendemain pour trouver le parfait sapin de Noël, Maddie mange pour quatre et se fait charrier par ses deux frères, Ludo la défend. Bref, tout le monde a le sourire et je me sens étonnamment à mon aise.

Cette fois encore, David et Donovan ne s'adressent quasiment pas la parole en dehors de quelques piques blessantes. Il doit forcément y avoir une raison à cette inimitié, en dehors du seul fait qu'ils soient frères.

Là, je n'ai pas vraiment le temps d'y réfléchir plus que ça puisque, à peine la table débarrassée, Hélène propose à tout le monde une soirée jeux de société. Personne ne semblant surpris, j'en déduis qu'il s'agit une fois de plus d'une des activités traditionnelles de la saison de Noël.

Je ne suis pas une très grande amatrice de jeux de société. Et ce, je l'avoue, pour la bonne et simple raison que je déteste perdre. À plus de trente ans, je reste mauvaise joueuse comme je l'étais à cinq, obligeant à l'époque ma grand-mère à adopter des stratégies d'autosacrifice pour me laisser gagner et éviter d'affronter ma moue boudeuse des heures durant. Je redoute le moment où il faudra qu'à mon tour je joue avec un enfant, tant je crains de ne pouvoir faire semblant d'avoir oublié les bonnes cartes au Memory.

Au programme de la soirée : Pictionary. Niveau dessin, j'en suis restée au stade du bonhomme bâton, je crains le pire. Les équipes sont vite formées : Hélène et Valérie, Maddie et Ludo, et comme nous sommes en nombre impair, David, Donovan et moi formons une équipe de trois.

Maddie me remercie à nouveau pour ma présence qui lui permet cette année de faire équipe avec son mari. J'en déduis que jusqu'alors, l'inimitié des frères ennemis lui imposait d'en choisir un comme coéquipier, afin d'éviter qu'ils ne fassent cause commune et finissent par en venir aux mains.

Dans l'hypothèse où nous aurions encore faim, Hélène a disposé sur la table basse du salon des biscuits et des chocolats faits maison. N'ayant plus de place pour avaler quoi que ce soit, je me contente de goûter un biscuit – bon, deux biscuits – et d'engloutir trois chocolats.

Le dé désigne notre équipe pour commencer, et nous choisissons David comme premier dessinateur. Immédiatement, je sens l'esprit de la gagne m'envahir. David tire une carte, et à peine a-t-il posé son stylo sur la feuille de papier fixée sur un trépied en bois que je commence à faire des propositions :

— Un homme ? Un pompier ? Du feu ? Un bûcheron ? Un serial killer ? Un homme qui s'apprête à lancer du feu ?

Visiblement, ils ne sont pas habitués à voir quelqu'un jouer sa vie pour une définition au Pictionary, et tous éclatent de rire. Pendant ce temps-là, le sable s'écoule dans le sablier ! Je reste concentrée. On ne va pas perdre le point dès le début de la partie, quand même !

— Vas-y, David ! Continue ! Il ne reste plus beaucoup de temps ! Une main ? Un homme qui a une main ? *L'Homme qui valait trois milliards* ? Prendre un enfant par la main ?

Mi-désespéré, mi-amusé, David tente de nous aiguiller vers la réponse en tapotant avec son stylo sur la main de son bonhomme, puis il trace de grands traits vers l'avant.

— Un homme qui vomit ? tente Donovan, provoquant aussitôt un haussement de sourcil de la part de son frère.

Plus que quelques secondes.

— Un homme qui lance quelque chose ? Un homme qui lance de l'eau ? De la bave ?

Galvanisée par les encouragements silencieux de David, je suis comme possédée.

— Spiderman ? lancé-je sur le gong des derniers grains de sable dans le sablier

— Oui, c'est ça ! me félicite David. Spiderman !

Toute à ma joie de remporter ce premier point de la partie, je me tourne vers Donovan et lui tends la main pour qu'il la frappe de la sienne, ce qu'il fait avant de me serrer dans ses bras en une accolade amicale. Brève étreinte, mais suffisante pour me surprendre. Lorsque je tends mes mains à David, il a le regard perdu dans le vague, mais se ressaisit et m'adresse un sourire.

— Un homme qui lance de la bave ? plaisante-t-il. Il faudra que tu m'expliques d'où te viennent ces idées étranges.

C'est ensuite au tour de Maddie et Ludo de jouer, et ça ne lui prend même pas dix secondes pour deviner l'expression *avoir l'estomac dans les talons*. Je ne suis pas loin de m'insurger devant la facilité de la carte. Et puis tous les deux sont mariés depuis des années, ils se connaissent sur le bout des doigts, ça les avantage. Moi je ne pratique David, et c'est un bien grand mot, que depuis trois jours, et Donovan depuis trois heures.

Dans ces conditions, on devrait partir avec quelques points d'avance, non ?

Je suis à deux doigts de consulter la règle du jeu pour le vérifier lorsque c'est de nouveau notre tour, Hélène ayant en effet échoué à deviner *Vol au-dessus d'un nid de coucou* à partir des oiseaux pourtant très réalistes dessinés par Valérie.

Cette fois, c'est à Donovan de nous faire deviner un titre de film. Il tire une carte et se met en position à genoux semi-fléchis, bras tendus, crayon posé sur la page blanche, le temps pour Maddie de retourner le sablier.

— Un chat ? Un cheval ? Un chien ? Une couronne ? Un siège ? Un chien dans un siège ? C'est pas un siège ? Un fauteuil ? Un trône ? Ah oui, je sais, hurlé-je à moitié possédée : *Le Roi lion* ! C'est *Le Roi lion* !

— Ah bah quand même ! Tu ne peux tout de même pas confondre mon lion avec un cheval ! Si c'est le cas, il va vraiment falloir refaire toute ton éducation animalière.

À son tour, Donovan me tend la main en retournant s'assoir, et nous fêtons notre second point.

David, lui, n'a pas dit un mot.

La partie se poursuit ainsi pendant près d'une heure, les équipes enchaînant les dessins et les fous rires. Nous peinons à nous remettre du passage de Maddie, qui a tenté sans succès de faire deviner à Ludovic le titre du film *Basic Instinct*, en dessinant une femme sans culotte assise sur une chaise. L'absence de sous-vêtements se matérialisant sous son crayon par une toison pubienne apparentée à la forêt amazonienne.

Avant notre dernier passage, nous sommes à égalité avec leur équipe, ce qui signifie que nous devons marquer pour l'emporter. C'est à mon tour de prendre le feutre, alors je n'en mène pas large. Toute la victoire repose sur mes piètres talents de dessinatrice. Et sur l'énergie dépensée par mes coéquipiers pour deviner au-delà de la catastrophe graphique. Si je sens que je peux compter sur Donovan, il en va tout autrement pour David, qui ne montre guère d'intérêt pour la victoire de notre trio.

Fébrile, je pioche une carte : *Avoir le nez qui coule.*

À peine le sablier retourné, je me jette sur le papier. Donovan s'est apparemment habitué à mon coup de crayon, puisqu'il ne lui faut pas très longtemps pour deviner la bonne expression, après un « les chutes du Niagara ? » limite vexant.

— Hiiiiiiiii, nous avons gagné, nous avons gagné ! hurlé-je en sautant sur Donovan. Nous sommes les meilleurs !

— Bravo, bravo, nous félicite Maddie, bonne joueuse.

Hélène et Valérie proposent, pour finir la soirée, des infusions cannelle-mandarine-pop-corn de leur cru. Seul David décline, préférant visiblement aller se coucher. Jamais on ne le croirait heureux d'avoir remporté une partie de Pictionary !

Lorsque j'ouvre discrètement la porte de la chambre, à peine une demi-heure plus tard, je m'attends à le trouver profondément endormi. Il n'en est rien. C'est même tout le contraire, il est debout, immobile, face à la fenêtre, mains dans les poches. À peine ai-je refermé la porte qu'il se tourne vers moi, le visage fermé, la bouche pincée.

— Il te plaît ?

— Hein ?

— Donovan, il te plaît ?

— Est-ce qu'il me plaît ? J'en sais rien, moi, il est sympa et plutôt beau mec, mais c'est tout. Pourquoi cette question ? À quoi tu joues, là, tu es jaloux ? demandé-je sur un ton amusé.

— Tu me demandes à quoi je joue ? Je rêve. C'est toi qui passes la moitié de la soirée dans les bras de mon frère, et c'est à moi que tu demandes à quoi je joue ?

— J'ai dû louper un épisode, on vient de passer une soirée sympa avec ta famille, à rire et à jouer comme ta mère le souhaitait, il est où, le problème ?

— Le problème ? Le problème, c'est que tu es censée être MA copine, or on a plutôt l'impression que tu as envie de t'envoyer en l'air avec mon frère.

— Je ne te permets pas de…

— Je n'ai rien demandé, moi, m'interrompt-il. C'est toi qui t'es mise dans une situation embarrassante, c'est encore toi qui m'as supplié pour que je te trouve un service à me rendre. Résultat, c'est moi maintenant qui passe pour un con devant ma mère et ma sœur. Et Donovan… il doit jubiler, tu penses, encore une fois, il… Tu me disais quoi, tout à l'heure, « une promesse est une promesse » ? Franchement, si c'est ta conception de la promesse, je ne te retiens pas. Je te le redis, de nous deux, ce n'est pas moi qui ai besoin de l'autre.

Sur cette dernière phrase, il décide que la conversation est terminée et se dirige vers la salle de bains, dont il ferme la porte à double-tour. Je suis tellement surprise par sa colère que je n'ai de toute façon pas l'idée de le poursuivre ou de lui rétorquer quoi que ce soit.

Mais qu'est-ce que j'ai bien pu faire de mal ? Là, tout de suite, il mériterait que je remballe toutes mes affaires et que je m'en aille. Sauf qu'il a raison, je ne peux pas partir. J'ai besoin de lui pour effacer cette foutue vidéo.

Comme il ne semble pas décidé à me laisser la salle de bains, je me déshabille rapidement et enfile tout aussi vite mon pyjama. Puis je me couche et éteins la lumière, tout en refusant d'admettre que c'est bien une pointe de tristesse que j'ai ressentie à l'idée de mon départ.

Chapitre 18

En pleine nuit

Il fait encore nuit, lorsque je me réveille en sursaut quelques heures plus tard. Ce n'est pas un poids sur le cœur que je ressens, mais bel et bien un poids sur le corps.

En fait, en me redressant, je constate que Pilou, le chien dont le prénom n'indique pas vraiment la pesanteur, est étendu sur le lit, et donc, vu sa taille imposante, à moitié sur moi. David, qui visiblement dort toujours profondément, a dû mal refermer la porte, permettant à l'animal, belle aubaine, de trouver une couche bien plus moelleuse que celle de son panier dans le salon. Les animaux, quoi qu'on en dise, ont l'intelligence du confort.

Tant bien que mal, je m'extirpe de dessous la couette pour aller boire une gorgée d'eau dans la salle de bains. J'ai la bouche sèche comme du papier de verre, la faute, j'en mettrais ma main à couper, au demi-kilo de pop-corn que j'ai avalé hier en fin d'après-midi.

Devant le miroir, je ne peux m'empêcher de repenser aux accusations de David, à toute la colère que j'ai perçue dans ses yeux. Qu'y a-t-il entre lui et Donovan pour le faire réagir de la sorte ?

De retour dans la chambre, à peine quelques minutes plus tard, je dois m'incliner devant l'adage selon lequel qui va à la chasse perd sa place. Pilou est désormais parfaitement étalé sur l'intégralité de ma place, et ronfle du sommeil du juste. On croirait même distinguer un sourire sur ses babines.

Je ne m'avoue pas vaincue, ce n'est pas un chien qui va me priver du reste de ma nuit. Insomnie ou pas, je tiens à passer les prochaines heures bien au chaud sous la couette. J'essaie de soulever un bout de l'édredon pour me glisser dessous, mais ce chien doit peser au bas mot neuf cents kilos. La méthode douce ne fonctionnant pas, je tente une approche plus musclée et le pousse de toutes mes forces en espérant un transfert vers David. Une minute d'efforts plus tard, je n'ai récolté que quelques bruits de babine moqueurs, et aucun centimètre carré de matelas disponible. L'œil qu'il ouvre et referme ne fait que confirmer la malice de mon intrus.

— Ça se règlera demain autour d'une gamelle de croquettes, le menacé-je à voix basse pour ne pas réveiller David.

Parfaitement incapable de me rendormir et à présent sans lit fixe, je décide de descendre pour boire une infusion. Avec un peu de chance, le canapé sera libre et suffisamment large pour m'accueillir.

Au bas de l'escalier, je constate qu'une lumière est allumée sur la terrasse. Apparemment, l'insomnie est contagieuse, puisque Donovan se tient accoudé sur le rebord de la balustrade. Oubliant mon envie d'infusion orange-cannelle, je le rejoins.

— C'est notre victoire au Pictionary qui t'empêche de dormir ? lui demandé-je, le faisant sursauter.

— Je ne suis pas un gros dormeur. Quelques heures de sommeil, et je suis en pleine forme. Et puis, je ne connais rien de plus beau que le lever du soleil sur les montagnes enneigées. Et toi ? Quelles sont tes raisons de ne pas être au lit avec mon frère ?

— Un intrus plein de poils et de bave. Pilou s'est incrusté. Si tu es d'accord pour partager ta balustrade et ton lever de soleil…

— Avec grand plaisir.

La température extérieure étant glaciale, et mon combi-pyjama pas suffisamment chaud, je retourne dans le salon m'enrouler dans l'un des plaids disposés sur le rebord du canapé, puis rejoins Donovan qui n'a pas bougé d'un centimètre.

— C'est le mot de *frère* qui te râpe la gorge, ou c'est la personne à qui il fait référence ?

— Hein ?

— Quand tu m'as demandé quelles étaient mes raisons de ne pas être au lit avec ton *frère*, c'était comme si tu avalais des bouts de verre. Je sais que ça ne me regarde pas, mais tous les deux, on dirait vraiment que vous vous détestez.

— Disons que c'est compliqué…

— Pourquoi ?

— Tu es fille unique, c'est ça ? Alors, tu ne peux pas comprendre.

— C'est bon, on m'a déjà servi la réponse de la fille unique. Tu t'entends parfaitement bien avec Maddie, alors qu'avec David…

— Tu n'as jamais eu à grandir dans l'ombre d'un frère meilleur que toi, tu ne sais donc pas ce que l'on peut ressentir, rétorque-t-il assez sèchement. Depuis que je suis tout petit, je ne cesse d'entendre *ah ! si seulement tu étais aussi intelligent que ton frère, si seulement tu travaillais aussi bien que ton frère, avec ton frère on n'avait pas de problème, il était si doué.* Un grand frère brillant quand on est soi-même mauvais élève, ça finit par être lourd à porter.

— Brillant ? Je ne veux pas paraître médisante ou quoi que ce soit, mais il est gardien d'immeuble…

— Oui, enfin en même temps, il fait surtout une thèse de neuropsychologie.

— Une thèse ?

— Oui. Il ne te l'a pas dit ? me demande-t-il, étonné.

— Non… Mais tu sais, lui et moi ne sommes pas ensemble depuis très longtemps. Peut-être qu'il ne veut pas trop étaler cet aspect de sa vie.

Donovan se tourne vers moi, et à son haussement de sourcils, je devine qu'il ne croit pas vraiment à mon explication. Pourtant, il en reste là et retourne à son observation de la montagne dont les contours commencent à se préciser.

— Et c'est uniquement à cause des remarques que font les autres que vous vous détestez comme ça ? Que toi tu lui en veuilles, je peux l'imaginer, mais lui ?

— Honnêtement, je n'en sais rien et je m'en fiche. Peut-être qu'il ne supporte pas que je sois plus beau mec que lui et que j'aie plus de succès auprès des filles. Ce n'est pas ma faute si le physique est un meilleur atout de séduction que le cerveau.

— En tout cas, niveau sexisme, l'un comme l'autre, vous vous posez là. Et pardon de te décevoir, mais

David a peut-être le cerveau, mais il est loin d'avoir été oublié au niveau du physique.

— Et pourtant, tu es là avec moi sur cette terrasse, à attendre le lever du soleil. Au lieu d'être au lit avec lui. Ça veut tout dire. Crois-moi, si tu étais ma copine, tes nuits seraient bien mieux occupées.

Je perçois dans son regard comme du défi. C'est quoi, le plan ? Il cherche à me séduire à la barbe de David ? Piquer la femme de son frère, ça fait partie des choses un peu interdites pourtant, non ? Comme piquer la femme de son meilleur ami ou se lever en pleine nuit pour boulotter la dernière part de cheesecake à la myrtille[1].

— Tu fais bien de me rappeler ce qui m'attend là-haut dans mon lit. Je te laisse à ton soleil levant, moi je vais retrouver David. Et j'espère que nos cris de plaisir ne viendront pas troubler ta contemplation.

Sur ce, je me dirige vers la chambre. Même si, à cause de Pilou, je dois m'enrouler dans un plaid et dormir sur le sol, ce sera bien mieux que cette impression d'être un bout de viande, gain d'une loterie stupide, dans les yeux de Donovan.

1. Ah bon ? Zut…

Chapitre 19

23 décembre, 9 heures

Quelle drôle d'odeur… On dirait un mélange de chaussettes sales et de rat moisi. Et j'ai la joue toute collante, David a raison, je bave dans mon sommeil, et d'une bave puante en plus, pouah !

Allongée dans la baignoire de la salle de bains, enroulée dans mon plaid, la tête bien calée sur l'oreiller que j'ai réussi à subtiliser hier à l'intrus à poil, je me risque à ouvrir un œil.

Tout s'explique en une seconde, bave comme odeur. Pilou est là qui me regarde, la tête appuyée sur le rebord de la baignoire, la langue pendante, la babine niaise et rieuse. Lorsque j'ouvre mon deuxième œil, il aboie, et la réverbération du bruit dans la pièce me vrille le crâne.

— Chut ! Tu vas réveiller ton maître !

Quel mot n'a-t-il pas compris dans cette phrase ? Visiblement tous, puisqu'il aboie de nouveau, cette fois-ci les deux pattes sur le rebord, et la queue virevoltante prête à tout envoyer balader. La lueur dans son regard ne me dit rien qui vaille. Ne me dites pas qu'il a envie de… non !

Je n'ai pas le temps de prononcer la moindre syllabe ni d'esquisser un mouvement : je me retrouve ensevelie sous le poids du mastodonte des neiges qui vient de sauter à pattes jointes dans mon lit-baignoire. Très heureux, il profite de mon incapacité à bouger pour me lécher le visage à grands coups de langue, suscitant malgré mon désarroi un grand éclat de rire.

— La nuit a été bonne, à ce que je vois ! Et avec mon propre chien, en plus…

La seule voix de David fait disparaître instantanément mon attrait aux yeux de Pilou. Il quitte la baignoire aussi vite qu'il y est entré, prenant appui au passage sur ma vessie pleine, au risque de la faire exploser.

Je tente à mon tour de m'en extirper avec toute la grâce possible, mais c'est un échec cuisant. La raideur de ma couche a eu raison de ma souplesse, j'ai l'impression de n'être plus qu'un bout de bois perclus d'arthrose.

— Je crois que j'ai loupé un épisode, non ? m'interpelle David après avoir flatté son chien comme il se doit. C'est si pénible de dormir à côté de moi ?

Notre altercation d'hier soir semble avoir été oubliée.

— Pas du tout ! m'écrié-je – un peu trop vite à mon goût. Mais quand je suis remontée cette nuit, après ma tisane contre l'insomnie et une petite discussion avec Donovan, Pilou occupait toujours entièrement ma place dans le lit. Il n'a évidemment pas daigné m'en céder un peu.

— Une discussion avec Donovan ?

C'est moi, où on a soudain l'impression d'être entré dans une chambre froide ? Ah non, ce n'est pas moi.

J'ai prononcé le prénom de Donovan, suis-je bête aussi.

— Il ne dormait pas lui non plus, il attendait le lever du soleil.

— Qu'est-ce que vous vous êtes raconté de beau ?

— Pas grand-chose. Et c'était seulement quelques minutes, le temps de boire mon infusion.

Inutile de mettre l'accent sur l'impression désagréable laissée par un frère pas fermé du tout à l'idée de séduire sa belle-sœur.

— Alors comme ça, tu fais une thèse de neuropsychologie ? dis-je pour détendre l'atmosphère et regagner quelques degrés avant les engelures.

— Euh, oui… C'est lui qui te l'a dit ?

— Pourquoi ne pas en avoir parlé avant ? continué-je sur la lancée de mon réchauffement climatique.

— Je ne sais pas. Parce que tu ne m'as rien demandé. Sans doute parce que tu me voyais comme un gardien d'immeuble, et rien d'autre.

L'attaque est mesquine, mais l'attaque fait mouche.

— Je ne vois pas comment je pouvais le deviner. Moi-même, je suis docteur en physique quantique[1], figure-toi !

— C'est vrai ?

— Non, mais ça le pourrait, j'étais très douée en physique au lycée[2]. Et que je sache, tu ne m'as pas non plus demandé mes diplômes. Tu t'es contenté du *elle édite des guides pratiques*, et c'est tout.

1. Comme les frères Bogdanov ?

2. La physique ? Cette matière où il faut construire un circuit et faire briller une ampoule qui jamais ne brille ?

Il semble hésiter quelques secondes avant de sourire.

— C'est vrai, tu as raison. Un point pour toi. Le boulot me permet d'avoir du temps et d'être autonome financièrement. Voilà.

— Merci. Et donc cette thèse, tu peux m'en dire plus ?

Je m'assois en tailleur sur le lit qui, je dois le reconnaître, est nettement plus confortable que la porcelaine de la baignoire.

— Je termine, en fait. Je suis en phase de rédaction et j'espère pouvoir soutenir d'ici septembre.

— Et c'est sur quel sujet ?

— Les peurs. Comment elles apparaissent, comment elles perdurent, quelle zone du cerveau est affectée, et pourquoi. J'essaie d'étudier les différences de fonctionnement cérébral entre deux personnes placées dans une même situation générant de la peur pour l'une mais pas pour l'autre.

— Genre, tu fais visionner *Ça* à des personnes qui ont la tête bardée d'électrodes ? Et tu regardes ce qu'il se passe chez celles qui sursautent dès les premières minutes du film et ne le regardent plus ensuite qu'à travers le faible espace entre leurs doigts devant leurs yeux ?

— C'est du vécu ? plaisante-t-il.

— Je nierai l'avoir avoué, mais un peu, oui…

— Je n'ai pas encore utilisé de film d'horreur, mais en effet, on est dans l'idée.

— Et tu cherches alors un moyen de faire disparaître les peurs ?

— De permettre à ceux qu'elles paralysent de les surmonter, plutôt. Mais aussi d'en créer chez d'autres, histoire d'empêcher certains comportements à risque. La peur, on l'occulte souvent, c'est aussi une émotion qui protège l'être humain et qui l'alerte d'un danger.

Le physique l'emporte sur le cerveau niveau séduction, tu parles, Charles ! Si Donovan avait l'espoir de rendre David poussiéreux à mes yeux, c'est raté. Là, tout de suite, à l'écouter me présenter avec une passion visible ses recherches sur le cerveau humain, je pourrais le déshabiller et lui faire l'amour sans préambule.

Ce qui, bien entendu, n'arrivera pas, me sermonné-je. Jamais[1].

---

1. Et la marmotte…

Chapitre 20

10 h 30

Une journée ne ressemblant pas à une autre à Santa-les-Deux-Sapins, après la course de luge, la confection des guirlandes de pop-corn et les jeux de société, l'activité du jour nous conduit dans les bois à la recherche du sapin qui viendra embellir et embaumer le chalet d'Hélène.

Bien que je n'aie pas une passion dévorante pour cette fête, j'ai toujours aimé les arbres de Noël, les naturels, ceux qui sentent bon dès que l'on passe la porte de la maison.

Comme me l'a expliqué Maddie en chemin, nous avons rendez-vous avec un pépiniériste ami de la famille depuis des années. C'est dans la plantation qu'il exploite qu'Hélène achète chaque année son arbre de Noël.

— Prépare-toi à arpenter les allées de la sapinière pendant des heures, m'a-t-elle prévenue. Maman est du genre hyper exigeant quant au choix de l'arbre. Il ne doit être ni trop grand ni trop petit, avec des branches bien équilibrées et une aura positive.

— Une aura positive ?

— Un petit conseil, mieux vaut acquiescer sans poser ce genre de question. Au risque, sinon, de te retrouver embarquée dans une très longue discussion sur l'esprit des sapins et les ondes qu'ils dégagent.

J'ai pris note de l'information, tout en me disant qu'un guide sur les ondes des arbres, ça marcherait du feu de Dieu. Il faudra que j'en parle au bureau à mon retour de vacances.

— Ah ! enfin, voilà la plus belle ! claironne un homme grand et bien bâti lorsque nous arrivons à destination.

Âgé d'environ une soixantaine d'années, le visage buriné et ridé de ceux qui ont passé la majeure partie de leur temps à travailler en plein air, il a un charme indéniable, accentué par des yeux d'un bleu incroyable.

— Bonjour Étienne, lui répond chaleureusement Hélène, avec en prime une bise sur la joue. Cette année encore, je compte sur toi et tes talents de pépiniériste.

— Après tout ce temps, tu doutes encore de trouver ici les plus beaux sapins de la région ? Je vais finir par prendre la mouche.

Cette discussion en apparence anodine dissimule assez mal les sentiments que je devine entre ces deux-là. Étienne en pince pour Hélène, j'en mettrais ma main à couper[1]. Et au subit rougissement apparu sur les joues d'Hélène depuis que nous sommes là, j'imagine que cela ne lui est pas indifférent.

Commence alors l'examen des sapins qui, à mes yeux, semblent en tous points identiques. Hélène au

1. Risqué, en un tel endroit…

bras d'Étienne, Maddie plaisantant avec Ludo et ses deux frères, et moi, quelques pas en retrait derrière, comme lorsque j'étais petite et que j'observais les familles se promenant en bord de mer pendant les vacances.

Pour la première fois peut-être depuis que je suis là, je ressens l'existence d'un vrai lien familial entre eux. Bien qu'ils ne se parlent pas, ce rituel du choix du sapin de Noël semble mettre à l'écart toute la tension entre David et son frère.

— Aaaah, je crois que c'est celui-ci le bon ! s'exclame soudain Hélène, après au moins deux heures de marche et l'examen de 1 893 754 643 sapins. Il est parfait ! Qu'en dites-vous, les enfants ?

— Parfait, répondent-ils tous en chœur.

Comme je ne suis pas certaine que la réponse *exactement comme tous ceux qu'on a vus jusqu'à présent* soit très satisfaisante, j'acquiesce avec un :

— Il est superbe, en effet. Et il dégage une aura particulière.

Je devine que Maddie glousse dans son écharpe. Hélène, elle, est ravie.

— Ce sera donc celui-ci, confirme-t-elle à Étienne. Tu penses que tu pourras nous le faire livrer demain matin, comme d'habitude ?

— Tu sais bien que ma matinée du 24 décembre t'est réservée. Pour rien au monde, je ne louperais cette livraison, et ta joie lorsque le sapin est là, posé dans ton salon, prêt à être décoré.

— Que j'ai hâte. C'est un moment que j'attends toute l'année avec tellement d'impatience. Tu es libre, ce midi ? Je t'invite au chalet pour déjeuner avec nous, lui propose-t-elle, tout sourire.

— Avec plaisir, juste le temps de me changer, et je vous rejoins.

— Pauline et moi allons vous fausser compagnie, intervient soudain David.

Hein, euh, quoi ? Est-ce que Pauline a son mot à dire ? Est-il encore question de poser ses fesses dans un engin de mort en plastique ? Compte-t-il mettre en application ses recherches sur les peurs avec moi ? En faisant du deltaplane, par exemple, ou que sais-je encore….

Je tente de me rassurer sur ce dernier point : apparemment, il n'a pas l'air d'avoir emporté d'électrodes pour enregistrer mes réactions cérébrales.

Tandis que le reste de la famille se dirige avec Étienne vers la sortie de la sapinière, David me fait signe de le suivre.

— Est-ce que je peux savoir où l'on va ?

— C'est une surprise.

— Si c'est en lien avec notre discussion de ce matin sur tes recherches…

Il éclate de rire.

— Pas du tout, rassure-toi. Rien à voir avec les peurs. Je voulais juste… Enfin hier, avec la course de luge, je n'ai pas été très sympa, alors je me suis dit que tu ne devais pas rester sur cette impression désagréable.

— Ah non, ne me dis pas que tu m'emmènes skier ? Être assise sur un engin de mort, c'est une chose, mais être debout sur deux engins de mort, c'est encore pire.

— Fais-moi confiance, me répond-il avec un clin d'œil.

Est-ce que j'ai vraiment le choix ?

Chapitre 21

12 h 12

Après une demi-heure de marche plutôt silencieuse à travers les bois, nous débouchons sur une clairière inondée de soleil, accueillis par des jappements de chiens surexcités.

C'est donc eux que j'entendais depuis quelques centaines de mètres. Des chiens de traîneau, et pas des loups à qui David aurait décidé de me livrer. Oui, mon cerveau est prompt à envisager des scénarios catastrophe.

— Une balade en chien de traîneau ?

— Tu en as déjà fait ?

— Jamais ! m'exclamé-je, à la fois angoissée et soulagée pour les loups.

— C'est bien ce que je me disais. Alors, tu ne peux pas repartir de Santa-les-Deux-Sapins sans être montée dans le traîneau tiré par les chiens de mon ami Benjamin, me dit-il tout en me désignant un type qui s'avance vers nous.

— Comment ça va, David ? Ça faisait longtemps.

— Bien, et toi ? Comment va la petite famille ?

— Tout le monde va bien. Emmy va bientôt avoir trois ans.

— Déjà trois ans !

— Eh oui, moi aussi j'ai l'impression qu'elle est née hier. Il faudra que tu viennes nous faire un coucou en ville. Chris sera ravie de te voir. Bonjour, moi c'est Benji, me dit-il rapidement en se tournant vers moi, avant de reprendre sa conversation avec David. Après toutes ces années, il était temps que tu tires un trait sur cette histoire avec Lise et que tu te cases, mon vieux !

— Ce n'est pas ce que tu crois. Enfin si, enfin non… Disons que… c'est un peu compliqué.

— Je suis juste une amie, répliqué-je pour couper court à l'embarras que je sens monter de part et d'autre. Je vis dans l'immeuble dans lequel travaille David, et… enfin, nous sommes juste des amis.

Son empressement à détromper son ami sur le fait que je sois sa copine ne me laisse pas indifférente. Pourtant, il a raison… Je ne suis qu'une amie, et encore, peut-être même qu'une simple connaissance.

Les jappements redoublés des chiens impatients de courir dans la neige nous apportent une heureuse diversion.

— Je crois qu'ils n'en peuvent plus d'attendre, je vous laisse vous installer ?

David se dirige aussitôt vers le traîneau, dans lequel il prend place avec souplesse. Bon, c'est mon tour… Moins rapidement, tentant de ne pas prendre appui sur une partie de son anatomie qui nous plongerait dans l'embarras, je m'assois. Entre ses jambes donc. Puis je rabats une couverture épaisse et fourrée sur moi.

— C'est bon, vous êtes prêts ? demande Benjamin.

— Tu peux y aller, répond David.

J'entends Benjamin faire claquer sa langue et émettre une sorte de cri. Instantanément, les chiens s'élancent comme des fusées.

Pendant de longues minutes, on n'entend que le bruit du traîneau glissant sur la neige, entrecoupé de quelques aboiements et des encouragements de leur maître.

Le vent me fouette le visage, malgré cela j'ai les yeux grands ouverts, afin de graver dans ma mémoire la beauté de ce paysage et ces sensations qui me filent la chair de poule – ou de renne, comme dirait sans doute Hélène. C'est probablement l'une des plus belles expériences de ma vie. Les plaines enneigées défilent, magnifiées par un soleil qui brille sans aucun nuage.

Petit à petit, sans réellement m'en rendre compte, je me détends et je me cale plus confortablement contre David. Lui non plus ne dit rien.

La balade dure ainsi près d'une heure, et je suis sur le point de m'endormir, lorsque nous nous arrêtons. Devant moi s'étend un lac à la surface brillante et multicolore. Bien que nous soyons en pleine montagne, il fait presque chaud.

— Nous sommes arrivés, m'indique David. J'espère que c'était plus agréable que la luge ?

— C'était…

Je ne trouve pas les mots pour traduire ce que je ressens.

— Je comprends. Moi aussi, ça m'a fait ça la première fois. Ce sentiment de liberté, cette quiétude…

Il s'interrompt pour aller remercier son ami, à qui il promet de passer faire un bisou à sa femme et sa fille avant de repartir.

Benjamin me fait un signe de la main, qu'il accompagne d'un sourire chaleureux, puis à nouveau il fait claquer sa langue et les chiens se remettent à courir.

Fascinée, je les regarde s'éloigner jusqu'à les perdre de vue.

— Ces chiens sont tellement beaux !

— Oui. Et ils sont faits pour courir en pleine nature. J'espère que tu as faim, me demande-t-il, parce que dans le restaurant où je t'emmène, on mange la meilleure fondue au monde.

Un gargouillis sonore peu sexy, mais néanmoins explicite, résonne soudain depuis les tréfonds de mon ventre.

— Je crois que tu as ta réponse ! dis-je avant d'éclater de rire.

Bientôt, nous nous retrouvons attablés dans un restaurant accueillant, à la décoration typiquement montagnarde. Les effluves en provenance des cuisines aiguisent encore davantage mon appétit.

David me demandant de lui faire confiance, je le laisse passer la commande pour nous deux, puis je reviens sur notre échange de tout à l'heure avec Benjamin.

— J'espère que tu ne m'en veux pas d'avoir dit la vérité à ton ami… Je te sentais gêné, et comme c'est un peu moi qui t'ai mis dans cette situation, ça m'ennuyait que tu sois obligé de mentir.

— Je ne m'attendais pas à sa remarque, en fait, et elle m'a pris de court.

— Je sais que ça ne me regarde pas, mais qui est Lise ?

C'est le moment que choisit le serveur pour déposer devant nous un énorme plat creux débordant de morceaux de pain frais, une coupelle d'ail et un poêlon fumant rempli d'un mélange de fromages dont je n'ai pas retenu les noms. Puis il nous sert à chacun un verre de vin blanc, spécialité de la région.

En regardant David frotter une gousse d'ail sur son morceau de pain, puis le plonger dans le fromage sur une pique, je me dis qu'il va changer de sujet et que je n'aurai jamais de réponse à ma question. Je l'imite donc et nous commençons en silence à déguster cette fondue qui, il est vrai, est à tomber.

— C'est la sœur de Benjamin.

— Qui ça ? demandé-je, la bouche à moitié pleine et l'esprit totalement embrumé par un afflux d'endorphines fromagères.

— Lise. C'est la sœur de Benjamin. Nous étions au lycée ensemble.

— Et c'était ta copine ? Sortir avec la sœur d'un ami, c'est comme s'envoyer en l'air devant une caméra de vidéosurveillance, ce n'est jamais une bonne idée, dis-je en souriant.

— Je ne suis pas sorti avec elle…. C'est Donovan qui… Toutes les filles en pinçaient pour lui, il pouvait jeter son dévolu sur n'importe laquelle, mais évidemment il a choisi Lise, alors qu'il s'en fichait pas mal. Un autre trophée à son tableau de chasse. Enfin bref, c'était il y a des années…

Bizarre, il a prononcé ces mots comme si je n'étais pas là…

Voilà donc le début de l'explication, j'aurais dû m'en douter. C'est toujours la même histoire au fond, un garçon aime une fille qui en aime un autre.

David aimait Lise, mais c'est avec Donovan qu'elle est sortie. Le petit frère à qui l'on répétait sans cesse combien son grand frère était intelligent s'est servi de ses atouts à lui pour prendre sa revanche.

— Et sinon, poursuit-il comme si nous n'avions jamais évoqué cet épisode adolescent, comment tu trouves la fondue ? On est d'accord que c'est la meilleure que tu aies jamais mangée ?

Je suis tentée de l'interroger encore un peu sur Lise, mais je m'abstiens. Après tout, ce n'est pas moi qui vais réconcilier deux frères qui nourrissent chacun leur rancœur pour l'autre depuis plus de dix ans. Et puis dans trois jours je serai rentrée, j'aurai repris le cours de mes vacances… Et David sera redevenu le gardien de mon immeuble et rien d'autre…

— Tu prendras un dessert ? Ils font un délicieux vacherin aux fraises.

— Pas de dessert, non… Je n'ai plus faim.

Chapitre 22

16 heures

Toute la famille est réunie dans la cuisine, lorsque nous sommes de retour au chalet.

— Ah, vous tombez bien tous les deux, nous accueille Hélène. J'ai besoin de votre avis sur mes cookies. J'ai préparé plusieurs fournées, en modifiant à chaque fois un ingrédient ou un dosage. Il n'y a plus qu'à décider ceux que je présente au concours tout à l'heure. Ça fait des années que Gilbert gagne, mais je ne désespère pas.

— Maman, tu sais très bien que Gilbert couche avec Mireille, la présidente du jury, rétorque Maddie. Tu auras beau modifier sans cesse tes recettes, tes cookies ne l'emporteront jamais contre un orgasme en bonne et due forme. Mais bon, si tu insistes, le Grinch et moi, on préfère de très loin les numéros 2. Vous étiez passés où, tous les deux ? nous demande-t-elle sans préambule, en enfournant dans sa bouche un exemplaire entier de ladite fournée.

— J'ai emmené Pauline faire une balade en chiens de traîneau, répond David.

— Ça t'a plu ? me demande-t-elle

— C'était génial. Bien mieux que la luge, je dois dire. Et beaucoup moins humiliant.

— Tout ça est très intéressant, nous interrompt Hélène, et c'est vrai que les chiens de Benjamin sont superbes, mais cela ne me dit pas quels cookies je présente au concours tout à l'heure. Tu peux lever les yeux au ciel, Madeline, mais jamais je ne renoncerai. Qui sait, peut-être qu'avec l'âge, Gilbert n'est plus en capacité de satisfaire Mireille ? Et j'ai entendu dire qu'il avait eu une alerte cardiaque il y a quelques semaines… Enfin bref, goûtez-moi ces cookies et dites-moi ceux que vous préférez.

Vingt cookies plus tard, l'estomac gonflé de noix de pécan, d'amandes torréfiées, de noisettes, de pépites de chocolat blanc ou noir, je dois avoir le teint verdâtre. Allongée sur le lit avec Pilou et ses soixante kilos délicatement posés sur mes pieds, je réponds au texto que m'a envoyé Joséphine deux heures plus tôt.

Alors ? Comment se passent les vacances ? Ça y est, le gardien d'immeuble t'a fait grimper aux rideaux ?

J'ai fait de la luge, fabriqué des guirlandes de pop-corn, chanté des chansons de Noël, porté des pulls en forme de carotte, mangé des cookies…
Et non, je n'ai pas couché avec lui !

Mais pourquoi ? Ne me dis pas que tu n'en as pas envie, je ne te croirai pas. Arrête de réfléchir et envoie-toi en l'air, bordel !

Et toi, ça va ? Tu es dans ta famille ?

Tu changes de sujet = j'ai raison.

Je ne suis pas là pour ça. Je lui rends un service, en échange il efface les images de la vidéosurveillance. C'est le deal, il n'y a rien d'autre.

Menteuse ! Tu lui plais, et c'est pour ça qu'il t'a demandé de l'accompagner. Si ça n'était pas le cas, que tu étais édentée ou avec un cul de la taille du Canada, il ne t'aurait pas emmenée dans sa famille.

Avec tous les cookies que j'ai engloutis, la taille de mon cul se rapproche dangereusement de celle du Canada.

Tu craques pour lui, c'est évident ! Tu craques pour lui ! C'est pour ça que tu ne couches pas avec. Les sentiments, ça rend timide.

N'importe quoi ! Je ne suis pas timide.

Il n'y avait pas de sentiments entre Hervé et toi et vous n'avez même pas attendu d'être dans un lit. Si ça c'est pas la meilleure démonstration de ma théorie, je ne m'appelle plus Joséphine.

Au bout de trente secondes, elle revient à la charge.

Et pardon, mais tu ne nies pas avoir des sentiments. ☺

Joséphine est à côté de la plaque. David me laisse complètement indifférente. Il est plutôt beau mec, certes, et finalement bien plus sympa que je ne le croyais, mais je ne ressens rien pour lui. Rien du tout.

Si ce midi j'étais triste, c'est uniquement parce qu'ils vont tous me manquer, une fois que je serai rentrée chez moi. Et que je n'aurai pas l'occasion de voir si Maddie va mettre au monde un être humain ou un grinch à poils verts. Rien à voir avec un quelconque début de sentiment pour David. Non, rien à voir.

— Hein, Pilou, que j'ai raison ? Je ne suis pas du tout amoureuse de ton maître ?

Pour toute réponse, Pilou me gratifie d'un pet dont les chiens de montagne ont le secret. Silencieux, mais affreusement odorant.

— Je te remercie pour ton soutien, Pilou, je n'en attendais pas tant dis-je, tout en me dirigeant vers la salle de bains pour échapper à l'odeur.

Quelques minutes plus tard, David m'y trouve assise sur le rebord de la baignoire.

— Tu ne te sens pas mieux ? Je suis désolé, ma mère tient tellement à remporter ce concours de cookies au moins une fois dans sa vie qu'elle perd un peu le sens de la mesure. Je me suis même demandé si je n'allais pas devoir me dévouer pour remplacer Gilbert auprès de Mireille…

— Elle y gagnerait au change.

— Tu dis ça parce que tu n'as pas encore vu ledit Gilbert, me répond-il en me gratifiant du fameux clin d'œil familial. Tu as encore mal au cœur ?

— Ça va mieux, merci. Je me suis réfugiée ici, chassée par certains effluves canins dont je tairai l'origine, par respect pour ledit animal.

Sentant sûrement qu'on parle de lui, ou fuyant lui aussi ses propres émanations, Pilou nous rejoint et se couche à nouveau sur mes pieds, sans cesser de remuer la queue.

— C'est un signe d'affection.

— Ah oui ? Drôle de manière de montrer son affection, si je puis me permettre, j'en ai les yeux qui sortent de leurs orbites.

— Ah ! non, c'est le fait qu'il se couche sur tes pieds, me répond David en riant. Sinon, c'est sans doute Valérie qui lui aura donné à manger les restes du repas de midi. À part ça, il va bientôt être l'heure du concours au village, et du cérémonial des guirlandes. Juste le temps de prendre une douche…

— D'accord.

À mes pieds, Pilou s'est mis sur le dos, dans l'espoir que je lui caresse le ventre.

— Pauline ?

— Oui ?

— À moins que tu n'aies envie de me regarder prendre une douche, ou d'en prendre une avec moi, je crois que tu vas devoir sortir quelques minutes…

— Ah oui, pardon, bredouillé-je, sentant le rouge me monter aux joues telle une gamine de quinze ans. Je te laisse, bien sûr.

Les sentiments, ça rend timide… Oh non, ne me dites pas que je craque sur David, ce type agaçant qui n'hésite pas à m'envoyer des vannes dès qu'il en a l'occasion ?

Derrière la porte, l'eau se met à couler, et sans crier gare, mon esprit se met à visualiser le corps de celui qui se trouve en dessous. Nu, le corps.

Et mes joues rougissent de plus belle.

Ça n'est pas possible, je ne peux pas craquer sur lui, je ne peux pas. Je suis là pour une seule raison, et je ne peux pas risquer de tout fiche en l'air !

Dans l'idée d'envoyer un message de détresse à Thibault qui, c'est certain, sera de bien meilleur conseil que Joséphine, j'attrape mon téléphone.

Au même moment, un message s'affiche sur l'écran, et c'est en le lisant que je comprends que ce n'est pas mon téléphone que j'ai en main, mais celui de David, qu'il a dû déposer juste à côté.

Quelques secondes plus tard, troublée, je le repose juste avant que David ne sorte de la salle de bains.

— Prête à affronter la confrérie de la guirlande de pop-corn ?

— Euh… Oui, oui. Prête.

Chapitre 23

18 heures

La salle des fêtes de Santa-les-Deux-Sapins est déjà pleine à craquer lorsque nous y arrivons. Chacun d'entre nous porte un carton débordant de guirlandes de pop-corn. Malgré son ventre proéminent, même Maddie a été mise à contribution.

Hélène, quant à elle, porte un panier en osier contenant ses précieux cookies qu'elle s'empresse d'aller installer sur la table réservée aux participants du concours, afin qu'ils ne s'abîment pas. Plusieurs concurrents ont déjà pris place derrière leurs réalisations. Il y en a de toutes les formes et de toutes les couleurs. Je suis sceptique devant un cookie vert présenté sous l'appellation *mojicookie* par son créateur.

Je cherche du regard le fameux Gilbert, que je finis par apercevoir en grande conversation avec celle que je devine être Mireille, au vu des gloussements qu'elle pousse. Gilbert est un grand type maigrichon presque chauve, portant des lunettes à triple foyer, mais au timbre chaud et sensuel. Ne jamais sous-estimer le potentiel de séduction d'une belle voix.

À côté de la table du concours, sont assis trois types en robe violette avec de la fausse fourrure blanche autour du cou et des chapeaux bizarres sur la tête. Ils ont chacun dans la main un manche en métal se terminant par un trou rond au travers duquel ils font passer les guirlandes de pop-corn.

— Qui sont ces types ? demandé-je à Maddie qui se tient près de moi.

— Ce sont les présidents de la confrérie des guirlandes de pop-corn.

— Sérieusement ? Ça existe ? Je pensais que David me faisait marcher tout à l'heure en m'en parlant.

— C'est tout ce qu'il y a de plus sérieux. Comme la confrérie du jambon de Bayonne ou celle du gâteau à la broche. On ne plaisante pas avec la guirlande de pop-corn, dont le diamètre doit répondre à des critères précis.

— Et si ça n'est pas le cas ?

— Elles sont aussitôt mangées et ne peuvent prétendre devenir des décorations pour le Bal des lutins. Et finir bouffée, c'est un peu la honte pour une guirlande de pop-corn, tu vois.

Je m'apprête à éclater de rire, avant de me raviser à l'air très sérieux de Maddie.

— Oui, oui, bien entendu, je comprends. Et comment devient-on membre de cette confrérie ? demandé-je en tentant de garder mon sérieux.

— C'est un héritage familial. Les membres le sont de père en fils.

— Bonjour la modernité ! ne puis-je m'empêcher de m'exclamer.

— J'aurais donné n'importe quoi pour être un garçon et en faire partie.

Décontenancée, je regarde Maddie, qui soudain éclate de rire.

— Si tu voyais ta tête ! Désolée, mais c'était trop tentant. Sérieusement, tu me vois, moi, faire partie de cette bande de vieux grincheux en robe violette ?

— J'avoue que tu commençais à me faire peur. C'est vraiment de père en fils ?

— Oui, ça en revanche, c'est vrai. Mais si le village veut conserver sa confrérie, la seule qui existe sur le sujet, il va falloir que ça change. Les trois que tu vois là ont eu chacun une fille. L'avènement de la femme dans le monde de la guirlande de pop-corn est pour bientôt ! Ça te dirait d'aller manger une part de tarte aux noix de pécan ? Il y a un stand par là-bas. Je meurs de faim.

— Après tous les cookies que ta mère nous a obligés à goûter ?

— C'était il y a au moins une heure, ils ont déjà été digérés par celui qui laboure présentement mon utérus avec ses pieds. Je te jure, ce bébé est pire qu'un ogre, j'hésite à me faire poser une perfusion de sucreries. Et des marrons glacés, ça te tente ? Je tuerais pour des marrons glacés, me dit-elle en m'entraînant vers une table débordant de biscuits de Noël et autres pâtisseries allégées.

Nous y retrouvons Donovan, en grande discussion avec une femme accompagnée d'une fillette.

— Comment ça va, Chris ? la salue Maddie. Bonjour Emmy, mais comme tu as grandi, ma puce !

— T'as vu, z'ai de nouvelles saussures, lui rétorque fièrement la petite en tendant son pied chaussé de bottines vernies rouges. Pourquoi t'as un gros ventre ? T'as trop mangé de srites ?

— Il faudrait vraiment que j'en aie mangé beaucoup beaucoup pour avoir un ventre gros comme ça. Non, c'est parce que j'ai un bébé dedans.

— Ze peux le voir ? demande Emmy en s'approchant de Maddie pour écarter les pans de sa robe de grossesse.

— Pour l'instant, il est caché, tu ne peux pas le voir, mais je te promets que lorsqu'il sera là, je viendrai avec lui te faire un coucou.

— Souette ! Maman ? Ze peux aller jouer avec ma copine Zoé ?

— Oui ma puce, vas-y. Mais tu ne sors pas de la salle.

Nous regardons Emmy s'éloigner pendant quelques instants, puis Maddie commence les présentations.

— Chris, je te présente Pauline, la petite amie de David. Pauline, je te présente Chris, une copine d'enfance. C'est aussi la femme de Benji, que tu as rencontré ce matin.

Il me semblait bien que les prénoms de Chris et d'Emmy m'étaient familiers. Il n'y a plus qu'à espérer que son mari ne lui ait pas révélé mon véritable statut.

— Petite amie ? m'interroge Chris, tout en me faisant la bise. David nous avait caché ça ! Je suis ravie de te rencontrer.

Apparemment elle ne sait rien encore, pensé-je, soulagée.

— Eh oui, à nous non plus il n'a rien dit, intervient Donovan. C'était la surprise de Noël. En même temps, à sa place, je crois que j'en aurais fait autant, de peur que d'autres n'aient envie de me la piquer.

Je m'attends à ce qu'il accompagne cette sortie d'un éclat de rire, mais non. Il est on ne peut plus sérieux.

Les filles, elles, en revanche, n'y voient rien d'autre qu'une plaisanterie et pouffent.

— Donovan, dans son éternel numéro de séducteur ! Tu devrais savoir après toutes ces années que ça ne fonctionne pas, raille Maddie.

— J'en connais pourtant quelques-unes sur qui ça a fonctionné, et même très bien, rétorque-t-il avec un grand sourire. Sur ce, je vous abandonne, mesdames, il faut que j'aille faire approuver mes guirlandes.

— Ce cher Donovan, soupire Chris quelques secondes plus tard, il ne changera jamais. Bon, je vous laisse à mon tour, je vais rejoindre ma fille et l'empêcher de goûter tous les cookies en lice pour le concours. J'espère que ta mère gagnera enfin, cette année. Il paraît que Gilbert et Mireille sont en froid. Surtout, donne-moi des nouvelles du bébé quand tu auras accouché.

Elle s'interrompt, pour faire signe de la main à quelqu'un avant de reprendre :

— Je suis très heureuse d'avoir fait ta connaissance, Pauline. Je sais que David peut paraître un peu froid de prime abord, mais c'est vraiment un chic type.

Un chic type. Elle a raison, et c'est sans doute pour ça que ce matin j'ai détrompé Benjamin, car cette supercherie commence à me mettre mal à l'aise. J'hésite à lui révéler la vérité, maintenant que Donovan n'est plus dans les parages, mais elle s'est déjà éloignée à la recherche de sa fille.

— Tu connaissais Lise ?

J'interroge Maddie un peu plus tard, alors que nous sommes assises sur le rebord d'une scène et qu'elle engloutit sa troisième part de tarte aux noix de pécan.

— Lise ? La sœur de Benji ? me demande-t-elle, la bouche pleine. Je la connaissais, oui. Avec David et Donovan, ils ont été inséparables pendant des années, comme les trois mousquetaires. Elle est partie vivre en Australie, il y a un moment maintenant. Pourquoi ?

— Juste par curiosité… C'est David qui en a parlé ce midi. C'est carrément loin d'ici, l'Australie !

— Oui, c'est sûr. Après le bac, elle est partie y faire ses études. C'était juste après sa rupture avec Donovan. Ça ne s'est pas très bien terminé entre eux, et je me suis toujours dit que c'était l'une des raisons de son départ.

— Tu crois que David était amoureux d'elle ?

— David ? Non. Enfin, je ne crois pas. Cela dit, il n'a jamais été du genre très causant à ce sujet. C'est bien pour ça que j'ai compris direct que tu n'étais pas sa copine quand vous êtes arrivés, il était bien trop détendu. David et Lise étaient très amis, c'est certain. Mais ça crevait les yeux qu'elle, elle était raide dingue de Donovan. Je ne vois pas comment David aurait pu ne pas le voir. À moins que… Il l'aimait, tu penses ? Cela dit, cela expliquerait bien des choses.

— Hier soir, Donovan m'a avoué qu'il avait passé sa vie à entendre combien il était moins intelligent que David. Alors, peut-être qu'il savait, lui, que David en pinçait pour Lise, et qu'il a profité du fait qu'elle n'en avait que pour lui.

— Quelle sœur en carton je fais ! réplique Maddie après quelques secondes de réflexion. C'est évident, c'est toi qui as raison. Mais cette histoire remonte à des années maintenant, il serait temps que tous les deux passent à autre chose, quand même.

— La rancœur semble tenace de part et d'autre.

— C'est ridicule, tout ça. Je ne sais pas comment je vais m'y prendre, mais compte sur moi pour les obliger à se parler. Et sinon, vous deux, ça a l'air de rouler ? Il t'a emmenée faire une balade en traîneau, le truc le plus romantique qui soit…

— Il voulait juste se faire pardonner pour la luge. Il n'y a rien d'autre. Dans trois jours, chacun reprendra le cours de sa vie.

— Si moi je suis en carton, tu n'es pas de bien meilleure facture, si tu veux mon avis. Tu lui plais, c'est évident.

— Je croirais entendre mon amie Joséphine. Si je suis là, c'est uniquement parce que je l'ai supplié de trouver quelque chose que je puisse faire pour lui.

— Regarde-moi dans les yeux, et jure sur la tête du Grinch que tu ne craques pas pour mon frère ?

— …

— J'en étais sûre ! s'exclame Maddie en levant les bras au ciel. Je suis trop contente.

— Qu'est-ce qui te rend heureuse comme ça, sœurette ? lui demande David en s'asseyant à côté de nous.

Du regard, je supplie Maddie de ne rien dire.

— Eh bien… Je viens de réussir à aller faire caca. Oui, tu sais la grossesse, ça constipe !

Je manque recracher ma bouchée de tarte par terre.

— Et… c'est ce qui te rend heureuse à ce point ?

— Crois-moi, si tu étais à ma place, tu comprendrais.

Comment fait cette femme pour garder son sérieux, c'est un mystère. Elle s'entendrait parfaitement avec Joséphine… Dommage, elles n'auront sans doute jamais l'occasion de se rencontrer.

— Je te crois sur parole… Ah, au fait, enchaîne David, on va annoncer les résultats du concours de cookies.

— Il faut qu'on se prépare à consoler maman. Ça me désole qu'elle garde toujours cet espoir. On sait tous qui va l'emporter.

— Peut-être que cette année nous réservera une surprise ?

— Tu parles ! La Mireille, elle ne renoncera jamais à sa partie de jambes en l'air annuelle.

Une cloche retentit, et en un instant la salle devient silencieuse. Tout le monde se tourne vers le coin des cookies où se tient solennellement Mireille. Hélène est debout, l'air confiant derrière ses coco-cookies. Aussi étrange que cela puisse paraître, vu que je la connais depuis seulement deux jours, j'ai de la peine pour elle à l'idée qu'elle échoue une fois encore.

David se tourne vers moi, et un sourire furtif éclaire son visage.

— Hum, hum, commence Mireille en cherchant à s'éclaircir la voix. Nous sommes réunis cette année pour la quatre-vingtième édition du concours de cookies de Santa-les-Deux-Sapins. Comme vous le savez, c'est un évènement majeur pour notre village, et je remercie les concurrents qui se sont inscrits, ainsi que tous ceux qui ont goûté les différentes réalisations. Le prix de l'innovation cookilinaire est attribué à… Elvira, pour son mojicookie ! À consommer avec modération, bien sûr !

Applaudissements de l'assistance. Elvira, une jeune femme d'une trentaine d'années, s'avance en tanguant sur ses talons aiguilles verts. Visiblement, elle a consommé un peu trop de ses cookies.

— Les encouragements du jury, poursuit Mireille, sont attribués à Jeannette pour ses cookinosaures aux graines de courge !

Alors qu'une octogénaire, arborant fièrement un Perfecto de cuir rouge avec un père Noël brodé dans le dos, monte sur la scène pour recevoir sa récompense, je sens l'atmosphère devenir plus lourde, le grand moment de la révélation du gagnant est sans doute arrivé. Mon cœur se serre pour la mère de David.

— Le premier prix du concours est attribué à… (roulement de tambour…) Hélène, pour ses coco-cookies.

C'est la stupeur dans l'assistance.

— Hein ? s'étonne Maddie, de manière un peu trop sonore.

— Je répète, reprend Mireille devant l'absence d'applaudissements, le premier prix est attribué à Hélène pour ses coco-cookies.

David est le premier à applaudir, aussitôt suivi par l'ensemble de l'assistance. Hélène n'est que fierté.

— Incroyable ! s'exclame Maddie. Maman a gagné contre Gilbert et son pénis. Alors, ça !

Le sourire est cette fois-ci franc sur le visage de David. Il y est pour quelque chose, j'en suis certaine. Ne me dites pas qu'il a mis son plan à exécution, et… couché avec Mireille !

Hélène, toute à sa joie d'avoir remporté le concours, brandit fièrement sa récompense, une assiette en forme de cookie et un chèque d'une valeur astronomique de vingt euros. Maddie applaudit à tout rompre. Étrangement, même Gilbert semble ravi.

Un chant de Noël retentit dans les enceintes, Mireille et Hélène descendent de scène, et toute la salle commence à chanter en chœur :

I don't want a lot for Christmas, there's just one thing I need, I don't care about the presents, underneath the Christmas tree, I just want you for my own, more than you could ever know, make my wish come true, all I want for Christmas is you...

Il est tard, lorsqu'enfin nous nous couchons. Je n'ai pas eu l'occasion d'interroger David sur la mystérieuse et heureuse victoire de sa mère, mais je compte bien profiter de me retrouver seule avec lui pour connaître le fin mot de cette histoire.

Démaquillée et en tenue pour la nuit, je le rejoins dans la chambre. Il est allongé sur le lit avec un nouveau roman. Je culpabilise un peu pour mon spoil de la dernière fois, mais il l'avait bien cherché. Pas de risque que cela se reproduise, je n'ai pas lu le livre qu'il a choisi dans la bibliothèque familiale.

— Tu n'as pas peur d'avoir froid ? me demande-t-il sans interrompre sa lecture alors que je me glisse sous la couette.

— Non, pourquoi ? réponds-je en baissant les yeux sur la nuisette violette que Joséphine m'a persuadée d'emporter, et que j'ai enfilée dans la salle de bains, après avoir pioché au hasard dans ma valise.

— Pour rien, pour rien. Où est passée la combinaison intégrale en pilou d'hier ?

— Oh... elle était sale... à cause de Pilou, justement ! Oui, il m'a sauté dessus avec ses pattes pleines de terre.

— Pilou, forcément. Tout s'explique, alors.

Il n'a pas cessé de lire, mais je devine qu'il réprime un sourire.

— Alors comme ça, ta mère a remporté le concours ?

— Incroyable, hein ! Qui l'eût cru ?

— Apparemment, personne de ta famille, pas même la principale intéressée.

— Comme quoi, tout finit toujours par arriver.

N'en pouvant plus, je lui subtilise son roman.

— Comment t'y es-tu pris ?

— Je ne vois pas du tout de quoi tu parles. Tu as gouté les cookies de ma mère, ils étaient au-dessus de tous les autres.

— Si tu veux mon avis, ce n'étaient pas les cookies qui étaient au-dessus… Avoue que tu as couché avec Mireille ?

Surpris, David me regarde avant d'éclater de rire.

— C'est vrai que Mireille a du charme, mais elle a au moins soixante ans.

— Je sais que tu es intervenu, inutile de nier. Et je ne te lâcherai pas tant que tu ne m'auras pas dit comment. Le roman que tu as commencé, je l'ai lu également, et je pourrais très bien te dévoiler à nouveau le meurtrier.

— Tu n'oserais pas…

— Détrompe-toi. Souviens-toi, je suis prête à tout.

— Je serais bien tenté de te mettre à l'épreuve, mais ce roman a l'air prometteur, alors j'avoue tout. Oui, je suis intervenu. Mais pas de la manière à laquelle tu penses.

— Tu as convaincu Mireille de renoncer à sa nuit de sexe ?

— Au contraire. Disons que j'ai convaincu Gilbert de lui accorder un forfait. Si tu veux mon avis, ces deux-là sont amoureux, et grâce à mon intervention opportuniste, ils vont peut-être enfin se l'avouer.

— Excellent. Bien mieux que ma vision de toi et Mireille… Dis-moi, ça en fait des personnes qui sont amoureuses sans oser se l'avouer.

— Tu penses à qui ? Toi aussi, tu as quelque chose à m'avouer ? D'où la nuisette ?

— Hein ? Mais non. Je voulais parler de ta mère… et d'Étienne, le pépiniériste.

— Étienne ?

— Oui, Étienne. Tu n'as pas dû bien les observer ce matin, quand nous sommes arrivés pour choisir le sapin. Ils se plaisent, ça crève les yeux.

— J'en doute. Depuis le départ de mon cher père, j'ai l'impression que ma mère attend qu'il revienne, qu'elle a toujours espoir qu'il quitte sa minette de vingt ans.

— Ce que j'ai vu ce matin, moi, c'est une femme loin d'être indifférente aux marques d'affection d'un homme.

— Franchement, je serais le premier heureux pour elle. Étienne est un type bien. Et sinon, je peux récupérer mon livre ?

Je le lui rends et à mon tour attrape le mien.

— Jolie nuisette, cela dit, me dit-il au bout de quelques minutes, les yeux de nouveau rivés sur son roman.

Chapitre 24

24 décembre, 9 h 30

Quelle nuit[1]… pourrie[2] !

Je cauchemarde rarement. Habituellement, en tout cas, je ne m'en souviens pas. Mais cette nuit, non seulement je n'ai pas fait de beaux rêves, mais en plus, je m'en suis souvenue au réveil.

Il était question de sapins zombies me poursuivant à travers les bois, de guirlandes de pop-corn possédées cherchant à m'attraper par les chevilles, et de gigantesques cookies volants armés de lance-missiles en forme de chopes de mojito. J'en ai encore des palpitations, alors que je remonte la couette sur mon corps nu, et commence quelques exercices de respiration pour tenter de me calmer.

Comment ça, nu ? pensé-je en me redressant subitement. Totalement nu, même. Mais, mais… pourquoi ?

— Bonjour, me salue David en sortant de la salle de bains. Habillé, lui. Tu…

1. Vous pensez mal…
2. Qu'est-ce que je disais !

Je remonte le drap et adopte l'air détaché de celle pour qui tout est normal.

— Si ça peut te rassurer, j'ai eu l'occasion de les voir cette nuit, me lance-t-il, amusé. Et même à plusieurs reprises.

— Comment ça ? Ne me dis pas que nous… ?

— Nous… quoi ?

— Eh bien, tu sais… nous… Tu fais celui qui ne veut pas comprendre, c'est ça ?

— Je ne vois pas du tout de quoi tu parles.

— Ne me dis pas que nous nous sommes envoyés en l'air cette nuit ?

— Si tel est le cas et que tu ne t'en souviens pas, permets-moi d'être un poil vexé. Mais non, sois tranquille. Tu m'as réveillé en hurlant à moitié, me demandant de l'aide. Et tu étais… Disons que tu devais avoir eu chaud, parce que ta nuisette s'était envolée. J'ai eu beaucoup de mal à te calmer, tu courais dans la chambre, tu parlais de pop-corn et de mojito… Crise de somnambulisme, je pense.

— Mais il fallait me réveiller !

— Je suis neuropsy, n'oublie pas, et s'il y a bien une chose qu'il faut éviter, c'est de réveiller une personne dans cet état-là. La seule chose à faire, c'est de l'aider à se rendormir.

— Et donc, tu m'as…

— Vue entièrement nue ? Oui, me répond-il avec un grand sourire.

— Et visiblement, ça a l'air de t'avoir beaucoup amusé !

— J'avoue. Le spectacle était loin d'être désagréable. Si l'on oublie bien sûr le passage où tu m'as griffé, pensant que j'étais un monstre ou je ne sais quoi.

Lorsqu'il relève la manche de son pull, je distingue très clairement deux grosses griffures rouges sur son avant-bras.

— Je suis vraiment désolée, c'est la première fois que je fais ce genre de trucs.

— Pas de souci. Ça peut arriver à tout le monde, tu as dû avoir une journée chargée en émotions. Je pense qu'Étienne ne va pas tarder à apporter le sapin pour qu'on puisse le décorer. Ma mère doit être sur le pied de guerre depuis 7 heures ce matin. Je te laisse prendre une douche et nous rejoindre en bas ?

Il se dirige vers la porte et s'apprête à sortir, avant de me lancer avec le clin d'œil officiel de la famille :

— Au fait, jolie poitrine.

Lorsque je descends un peu moins d'une heure plus tard, tout le monde est affairé dans le salon jonché de cartons et autres boîtes en plastique de rangement.

— Vous voilà enfin, Pauline ! David nous a dit pour cette nuit, je suis désolée pour vous.

— Il… il vous a dit ?

— Eh bien oui, il n'y a pas de secret à avoir.

— Non bien sûr…

— Et puis tout le monde peut avoir des insomnies de temps en temps. Moi-même, en ce moment, j'ai beaucoup de mal à trouver le sommeil.

— Je te laisse imaginer comment moi je dors, enchaîne Maddie, hier j'étais à deux doigts de demander à Ludo de me creuser un trou dans le matelas pour que je puisse enfin dormir sur le ventre.

— Quand tu dis que tu étais à deux doigts de me demander, est-ce que ça correspond au moment où tu m'as menacé de m'arracher les cils à la pince à épiler si je ne te trouvais pas de solution ?

— Tu sais bien que ce n'est pas moi qui parle dans ces cas-là, mon amour…

— C'est le Grinch ! nous exclamons-nous tous ensemble, avant d'éclater de rire.

— Vous avez de la chance que j'aie déjà emballé vos cadeaux de Noël à tous ! réplique Maddie en affectant une moue vexée.

Se pourrait-il qu'elle ait prévu quelque chose pour moi ? Évidemment qu'elle a dû m'acheter une surprise. Et moi qui n'ai rien… Il faut absolument que je trouve un peu de temps dans l'après-midi pour aller faire du shopping. Moi qui n'aime pourtant pas les grandes effusions et les échanges de cadeaux, j'ai soudain hâte d'arpenter les magasins pour dénicher des présents qui leur feront plaisir.

— Voilà Étienne ! s'écrie Hélène. Tout est prêt ? Et moi, comment je suis ?

C'est à mon tour d'adresser un clin d'œil à David. Je ne sais pas si Hélène continue à espérer le retour de son mari, en tout cas, elle est nerveuse à l'arrivée d'Étienne comme au soir de sa première boum.

Accompagné de deux autres comparses, Étienne, chargé du fameux sapin choisi avec soin hier, ouvre la porte du chalet.

— Bonjour tout le monde ! Bien dormi ?

Sa question est accueillie par des sourires qu'il ne doit pas comprendre. Les trois hommes placent le sapin dans son pied en fer forgé sculpté de pères Noël, puis Étienne découpe le filet de protection, laissant s'épanouir des branches d'un magnifique vert. La pièce embaume aussitôt, et pour une raison que j'ignore, des larmes me montent aux yeux.

— Il est encore plus beau qu'hier, vous ne trouvez pas ? interroge Hélène. Merci, Étienne, de t'être cette année encore déplacé un jour de réveillon, dit-elle avec une bise sur la joue.

— On se voit ce soir au Bal des lutins ? demande-t-il, la dévorant du regard.

— Je compte toute l'année les jours qui me séparent de ce bal, raille Donovan.

— Je ne raterai pour rien au monde une occasion de faire mûrir le col de mon utérus, poursuit Maddie. S'il ne doit y en avoir qu'une sur la piste de danse ce soir, c'est moi !

— Ne fais pas attention à ces deux-là. À ce soir, Étienne, dit Hélène en le raccompagnant à la porte. Et merci encore d'être venu.

La demi-heure qui suit consiste à sortir l'ensemble des décorations de leurs cartons, afin de choisir celles qui iront cette année sur le sapin. Et pour tout dire, des décorations, il y en a beaucoup, beaucoup (beaucoup).

— Alors maman, quelles sont tes couleurs cette année ? demande David.

— Je partirais bien sur rouge, blanc et or. Qu'en dites-vous ?

— Ce sera très joli, j'en suis certain, répond Ludovic. En même temps, votre sapin est toujours magnifique.

— Quel lèche-botte ! me souffle Maddie à l'oreille, le regard pourtant plein d'amour pour son mari.

Nous rangeons donc les décorations qui ne correspondent pas aux couleurs choisies, ce qui laisse malgré tout de quoi décorer au moins quatre sapins comme celui qui se trouve dans le salon.

David et Donovan commencent par brancher les guirlandes électriques pour vérifier que les ampoules sont toutes opérationnelles. Je n'ai jamais vu de guirlandes aussi longues. Avec, on pourrait faire, j'en suis sûre, au moins dix fois le tour de tout le salon de mon appartement.

— Le secret, m'explique Hélène, c'est qu'il y ait de l'éclairage partout dans le sapin. Pour cela, il faut disposer les guirlandes en en enfouissant une bonne partie à l'intérieur, sous les branches.

Je n'ai jamais rencontré quelqu'un d'aussi passionné par Noël. Son émotion alors qu'elle regarde petit à petit le sapin s'illuminer est palpable.

Puis, chacun commence à accrocher des décorations aux branches : des boules en verre soufflé transparentes contenant des plumes blanches et rouges, des sucres d'orge, des nœuds en satin doré, des bonshommes de neige, des pères Noël, des miniatures de patins à glace en terre cuite blanche, des petits bonnets en laine rouge…

En l'espace d'une heure, chaque branche est harmonieusement parée. Aidée de son amie Valérie qui stabilise un petit escabeau, Hélène place au sommet une étoile dorée manifestement très précieuse, au moins sentimentalement, au vu du soin avec lequel elle était rangée dans une boîte garnie de satin.

Le résultat est époustouflant.

— Et maintenant, la touche finale. Vous pouvez placer vos boules, indique Hélène.

Je regarde Maddie, Ludo, Donovan, David et Valérie prendre chacun une boule gravée à son nom et la disposer au pied du sapin sur un socle en bois prévu à cet effet. Puis, Hélène ajoute la sienne.

— Il manque la vôtre, Pauline.

— Oh, ne vous inquiétez pas, c'est normal, je ne suis pas de la famille.

— Si, il manque la vôtre, elle est là au fond de la boîte, vous pouvez la prendre et la placer sous le sapin.

— Mais…

— David est venu avec vous, vous faites donc partie de la famille.

Au fond de la boîte se trouve en effet une boule en verre violette, avec mon prénom gravé dessus en lettres roses.

Une émotion intense m'envahit.

Presque aussitôt remplacée par une immense culpabilité.

Chapitre 25

13 heures

Le repas se déroule sous forme de pique-nique. Nous sommes tous assis par terre dans le salon, non loin du sapin. Hélène et Valérie ont étalé une couverture toute douce sur laquelle elles ont disposé des plateaux garnis de minisandwichs, pilons de poulet froids, charcuterie, fromage et plusieurs miches de pain encore chaudes.

Ce déjeuner ne surprend personne, j'en déduis que là encore il s'agit d'une tradition familiale.

Je ne me lasse pas d'admirer l'arbre de Noël, même si j'évite consciencieusement de regarder les boules disposées à son pied, histoire de ne pas céder à la tentation de dévoiler la supercherie de ma présence ici.

Contrairement aux autres repas, celui-ci ne s'éternise pas, puisque plusieurs heures de préparation en cuisine attendent Hélène et son amie pour que le dîner du réveillon soit prêt à 19 heures. Je n'en connais pas le menu, mais n'ai aucun doute sur le fait qu'on va se régaler et beaucoup trop manger.

Maddie, qui bâille à s'en décrocher la mâchoire, accepte de mauvaise grâce la suggestion que lui fait son mari d'aller faire une petite sieste.

— En voilà une idée, qu'elle est bonne ! Je vais t'imiter sœurette, indique Donovan.

— Eh bien moi aussi ! renchérit David.

— Petites natures ! C'est moi qui suis enceinte ou c'est vous ? On sait pourquoi c'est à nous, les femmes, qu'on a dévolu les grossesses, dit-elle tandis que Ludo l'aide à se relever du sol. Je te préviens mon chéri, après celui-là, je me fais ligaturer les trompes !

Ces siestes tombent à pic, je vais pouvoir m'éclipser et aller faire le tour des boutiques du village en espérant y trouver autre chose que des pères Noël chantants.

— Ça va, Pauline ? m'interpelle Hélène alors que tous sont montés.

— Oui, pourquoi ?

— Vous étiez très silencieuse pendant le déjeuner. J'espère que ce n'est pas moi qui vous ai mise mal à l'aise avec ma boule de Noël. Je sais que vos parents doivent vous manquer en cette période, j'ai peut-être été maladroite.

— Non, pas du tout ! C'est juste que…

Je ne parviens pas à terminer ma phrase, gagnée par l'émotion que je tente de refouler depuis tout à l'heure.

— Venez, me dit-elle en me conduisant sur la terrasse extérieure.

Je m'installe sur l'une des chaises et la regarde sortir deux couvertures rouges rangées dans des bacs. Elle m'en tend une, que j'enroule autour de mes épaules.

— Dites-moi. Je sens qu'il y a quelque chose et je culpabilise.

— Vous culpabilisez ? Il ne faut vraiment pas. Vous n'avez rien fait de mal. C'était adorable de votre part. Et à vrai dire, c'est moi qui devrais culpabiliser. Je suis vraiment une affreuse personne. Je ne mérite pas du tout la boule que m'avez si gentiment offerte.

— Pourquoi diable dites-vous ça ?

Je prends une grande inspiration avant de lui répondre.

— Parce qu'on vous a menti. Je ne suis pas en couple avec votre fils, je vis juste dans le même immeuble que lui. Tout est ma faute et je me sens mal que vous puissiez penser que je fais partie de votre famille.

— Ce n'est que ça ?

— Euh… oui. Mais…

— Depuis le début, je sais que vous et David n'êtes pas…

— Vous le saviez ? ne puis-je m'empêcher de m'exclamer.

— Évidemment ! David est très secret, il ne nous parle jamais de sa vie privée. Alors, présenter sa petite amie à toute la famille en même temps et au moment des fêtes de Noël, je n'y ai pas cru deux secondes !

— Mais alors, pourquoi m'avoir offert cette boule de Noël ? M'avoir dit que je faisais partie de la famille si vous saviez que ce n'était pas le cas ?

— Parce que ça n'empêche pas de l'espérer. Je ne sais pas pourquoi vous avez inventé cette histoire, mais je vous apprécie beaucoup. Et je ne pense pas me tromper en disant que vous avez de l'affection pour mon fils, et qu'elle est réciproque.

Je rougis malgré moi.

— Votre fils est vraiment quelqu'un de bien. Mais il n'y a rien entre lui et moi. Je l'ai obligé à me rendre un service, voilà tout.

— S'il y a bien une chose que je sais sur mon fils, c'est qu'il ne se force jamais quand il n'a pas envie, même sous la contrainte. Je l'ai observé depuis que vous êtes arrivés, et son regard a changé. Cela faisait longtemps que je ne l'avais pas vu ainsi. Je commençais à me dire qu'il ne se remettrait jamais de cette vieille histoire avec Lise… C'est pour ça que je vous ai offert cette boule, j'ai bon espoir de vous revoir ici l'année prochaine. Et cette fois-ci de manière « officielle ». Inutile de culpabiliser, vous voyez.

— Merci, vraiment. Je suis très touchée.

Je n'ajoute pas qu'à mon avis, l'année prochaine je serai dans mon appartement, en pyjama sous la couette, à manger des plats chinois à même les boîtes, je n'ai pas envie de lui faire de la peine.

Alors qu'elle rejoint la cuisine et commence à s'affairer avec Valérie, je profite de ce que le reste de la famille est probablement endormi pour attraper mon sac à main et mener à bien ma mission cadeaux de Noël.

Chapitre 26

18 heures

Je suis en train de dissimuler mon dernier paquet dans ma valise, lorsque David entre dans la chambre.

— Te voilà réapparue ? Tu n'étais plus là lorsque je suis descendu tout à l'heure.

— Oui, pardon, j'avais envie… de me balader.

— Tu m'en veux pour cette nuit ?

— Non, bien sûr que non. Tu m'as vue à poil et en plein délire, ma dignité certes est désormais réduite à néant, mais à part ça, tout va bien.

— Tant mieux alors. Je voulais te dire que pendant que tu n'étais pas là, j'ai discuté avec ma mère.

J'ai soudain les mains moites.

— Et c'est toi qui avais raison. Je crois qu'elle a des sentiments pour Étienne.

— Ah, tu vois !

— Je pensais qu'elle attendait toujours le retour de mon père. Mais en fait, pas du tout. Curieusement, je crois qu'elle craignait notre réaction.

— Vous êtes ses enfants, c'est normal.

— Des enfants qui ont tous plus de trente ans !

— Mais ses enfants quand même. Je trouve ça chou, moi. Au final, il en ressort quoi ?

— Je lui ai dit que je ne souhaitais que son bonheur et que je serais ravi pour elle si elle pense le trouver dans les bras d'Étienne. Elle mérite bien mieux que mon père, de toute façon. Madeline sera d'accord avec moi, j'en suis certain.

Il n'évoque pas Donovan, j'hésite un instant à le lui faire remarquer, mais je renonce. Ce n'est pas à moi qu'il revient de réconcilier ces deux-là.

— Ça tombe bien, j'enchaîne, ce soir il y a un bal ! Rien de tel pour déclarer sa flamme à quelqu'un.

— Oui… Je voulais aussi te dire, pour tout à l'heure… Je suis désolé pour cette boule que t'a offerte ma mère. Elle est un peu excessive en tout ce qui touche Noël, comme tu as pu le voir. Mais ne t'inquiète pas, je lui dirai d'ici quelques semaines que tu m'as quitté pour un autre. Par exemple, pour un directeur des Ressources humaines à la gâchette rapide. Elle comprendra.

— Pourquoi est-ce que c'est moi qui dois te quitter et avoir le mauvais rôle ? Ça pourrait être toi ! Tu pourrais tomber amoureux, je ne sais pas moi, de Jocelyne qui habite au troisième, et me laisser en pleurs sur ton paillasson pour t'envoler aux Maldives avec elle.

— Jocelyne ? Elle a au moins cinquante ans !

— Peut-être même un peu plus. Mais l'âge n'est qu'un chiffre, ça ne rend pas une femme moins séduisante.

— Certes. Et Jocelyne est très séduisante avec ses jupes en velours et ses gilets boutonnés. Mais, non, je vais rester sur le scénario de celui qui se fait larguer, je crois. Rassure-toi, je ne dirai rien de trop méchant, hormis que tu es nymphomane, et bien entendu que tu m'as brisé le cœur.

Il ne me laisse pas le temps de protester, et s'enferme dans la salle de bains afin de se préparer pour le dîner de réveillon.

N'ayant pas vraiment de tenue suffisamment habillée pour le repas qui s'annonce, je décide de mon côté d'enfiler dès à présent la robe que m'a prêtée Maddie pour le Bal des lutins.

Je suis à nouveau bluffée par sa beauté, alors que je me regarde dans un grand miroir en pied placé dans un coin de la chambre. Sur un coup de tête, je me prends en photo et je l'envoie à Estelle, Joséphine et Thibault pour leur souhaiter un joyeux réveillon.

Estelle :
Où as-tu trouvé cette robe ? Elle est juste canon ! Tout à fait digne d'un film de Noël.

Thibault :
On est loin du combi-pyjama en pilou. Ton scénario se serait-il légèrement modifié ? Tu es superbe, en tout cas.

Joséphine :
Comme Estelle et Thibault, je valide ! Tu es canon ! J'espère que ton gardien ne l'abîmera pas trop d'ici quelques heures, quand il voudra t'offrir ton orgasme de Noël !

Moi :
Ahahaha. Pas d'orgasme au programme.
Ou alors uniquement culinaire.

Joséphine :
Et dans culinaire, il y a…

Thibault :
Joséphine, notre incorrigible romantique !

Joséphine :
Il y a une heure, mon oncle a tenu à me raconter sa coloscopie. En détails. Alors oui, j'espère bien que pour au moins l'une d'entre nous ce soir, le cul sera synonyme de plaisir !

Moi :

Joyeux Noël à vous trois ☺. Promis, on boit comme des trous jusqu'à ne plus se rappeler nos prénoms le 31.

— Tu es superbe ! me complimente David, que je n'ai pas entendu sortir de la salle de bains.

Il porte une chemise blanche cintrée, avec un nœud papillon bleu nuit sur un pantalon noir.

— Merci. Tu n'es pas mal non plus, je dois dire.

— J'en oublierais presque les images de cette nuit…

— Je me disais aussi…

— Sans blague, tu es très belle, Pauline.

Pour ne pas qu'il me voie rougir, je me dirige à mon tour vers la salle de bains afin de me maquiller.

Tout le reste de la famille est debout dans le salon lorsque nous descendons. J'ai bien fait de décider de porter la robe de Maddie, car ils sont tous très élégants. Oubliés les pulls de Noël à carotte proéminente. Chacun porte une tenue de soirée chic[1].

1. C'est pourtant chic, la carotte, non ?

Hélène me tend une coupe de champagne rosé ainsi que quelques petits canapés que Valérie et elle ont cuisinés cet après-midi. Elle rayonne littéralement.

— J'écoutais une émission de radio l'autre jour, et l'invité expliquait que le taux de suicides et de dépressions augmentait pendant la période des fêtes de Noël. Parce qu'il y a beaucoup de gens qui sont seuls ou se sentent seuls, et pour qui ce moment de l'année n'est pas très joyeux. Je sais que j'ai énormément de chance. Vous êtes là chaque année, et même si les chants de Noël, les courses de luge ou la fabrication des guirlandes de pop-corn ne vous amusent plus vraiment, vous répondez présents quand même.

— Et l'année prochaine, il y aura deux mains supplémentaires pour les guirlandes, ajoute Maddie.

— Ou quatre ! surenchérit Ludovic.

— Euh… C'est bien toi qui m'a accompagnée lors des échographies, chéri ? Je ne me suis pas trompée, je n'y ai pas emmené mon amant ? Non, parce que tu sais bien qu'il n'y a qu'un seul bébé là-dedans.

— On ne sait jamais, l'erreur est toujours possible.

— Autant te prévenir tout de suite, si je devais expulser deux bébés, par ton unique faute donc, ne compte pas avoir accès à la voie de passage pendant un long, long moment ! dit-elle avant d'éclater de rire.

C'est le moment que choisit Hélène pour débuter la distribution des cadeaux.

Je n'ai jamais vu de pied de sapin aussi garni de toute ma vie. Chez mes parents, comme j'étais fille unique, il n'y avait que deux ou trois paquets sous l'arbre. Mais là, j'en compte près d'une bonne vingtaine, tous joliment emballés avec du papier aux couleurs variées, mais de circonstance.

Comme je m'y attendais, en quelques secondes, j'ai cinq paquets devant moi.

— Je reviens, je vais chercher les miens.

Lorsque je redescends, quelques minutes plus tard, Hélène semble gênée.

— Il ne fallait pas vous sentir obligée, Pauline.

— Au contraire, ça me fait très plaisir.

Je donne à chacun les cadeaux que j'ai achetés cet après-midi, et j'attends fébrilement leur déballage.

Maddie et Ludo semblent ravis du massage pour deux que je leur ai réservé dans un institut du centre-ville. Valérie et Donovan me remercient pour leurs cadeaux respectifs, un sac à main en forme de cupcake pour elle, une écharpe grise en cachemire pour lui.

Mon cœur s'accélère lorsque Hélène commence à déballer le sien.

— *Guide du parfait Noël*, lit-elle à voix haute en ouvrant le carnet vierge à reliure dorée que je lui ai trouvé dans une librairie, et sur lequel j'ai inscrit ce titre.

Je compte sur vous pour noircir toutes ces pages. Moi, et ma maison d'édition aussi.

— Comment ça ?

— Je me suis permis d'envoyer un mail à mon directeur, et je vous confirme son grand intérêt pour la publication d'un guide de Noël. *Votre* guide de Noël. Enfin… si vous en avez envie.

— Mais… je ne saurai jamais faire ça.

— Maman, s'il y a quelqu'un qui puisse écrire un guide sur Noël, c'est bien toi ! l'encourage Maddie. Tu ne vis que pour cette fête depuis au moins vingt ans !

Des larmes plein les yeux, Hélène ne m'a pas quittée du regard.

— C'est beaucoup trop, Pauline. Je ne sais pas quoi dire.

— Tu n'as qu'à dire oui et commencer à écrire, lui souffle David en me serrant la main pendant quelques secondes.

— Je... Oui ! Oui, bien sûr que j'en ai envie. Si je m'attendais à ça, me dit-elle en me prenant dans ses bras. Merci ! J'ai des tas d'idées !

Pendant qu'elle les énumère, toute à son excitation, et que chacun y va de sa suggestion, j'observe David qui profite de ce moment pour ouvrir son cadeau, un porte-document en cuir marron avec ses initiales gravées dans le coin droit.

— Je me suis dit que ça pourrait t'être t'utile. Une fois que tu auras soutenu ta thèse. Pour transporter tes cours ou classer tes articles.

— C'est un très beau cadeau, merci. Il ne fallait pas, me répond-il, gêné, en caressant doucement le cuir.

— Ça me fait plaisir. Cet après-midi, j'étais vraiment heureuse de faire les boutiques pour toute ta famille.

Ces gens que je ne connaissais pas il y a trois jours, et que je ne reverrai pourtant sans doute jamais...

— À ton tour, me dit-il en pointant le menton vers les paquets emballés qui se trouvent encore sur mes genoux.

Les autres sont toujours en effervescence autour du projet « guide de Noël ». Les rires fusent.

Personne ne prête attention à moi, en dehors de David, ce qui est parfait. Je ne sais pas pourquoi, j'ai toujours eu du mal à ouvrir des paquets sous les regards des invités. Peur de ne pas avoir la réaction attendue, de faire de la peine.

À croire que Maddie, Hélène, Valérie et Donovan se sont donné le mot. Je repartirai de Santa-les-Deux-Sapins avec quatre fois le même bracelet, un jonc en argent avec une pampille en forme d'étoile. Avec un grand sourire, je les enfile tous sur mon poignet.

— Mon cadeau est un peu minable à côté... Je suis désolé, m'annonce David.

— C'est l'intention qui compte, lui assuré-je en déballant son cadeau, un livre. *Tu as promis que tu vivrais pour moi*, de Carène Ponte. Mais c'est de la même autrice que le roman que je lis en ce moment ! Ne serait-ce finalement pas si cucul la praline ?

— Ça ne vaut pas un bon polar d'Olivier Norek, mais disons que c'est mieux que ce que je pensais.

— Et, il est dédicacé, en plus ! m'exclamé-je après avoir ouvert le roman. Mais comment as-tu fait ?

— La magie des réseaux sociaux. En revanche, comme je n'étais pas certain de le recevoir à temps, je... Enfin... disons que j'ai moi aussi acheté le fameux bracelet... ajoute-t-il en sortant de sa poche la boîte en question, avant de se mettre à rire.

Aussi surprenant que cela puisse paraître, c'est sans doute le meilleur réveillon de toute ma vie....

Chapitre 27

Quatre heures et un repas plus tard…

Il est près de 22 h 30, lorsque nous arrivons à l'endroit où se tient le Bal des lutins, après un repas délicieux bien que défiant toutes les lois de la pesanteur. Comme me l'avait mentionné Maddie, les guirlandes de pop-corn qui ont réussi avec succès l'examen de passage devant la confrérie sont désormais tendues au-dessus de la piste de danse sur laquelle un orchestre a pris place.

Les rambardes du kiosque sont également recouvertes d'une multitude d'ampoules lumineuses, qui donnent un aspect féérique. De nombreux braseros ont été installés, et la douce sensation qu'ils procurent nous ferait presque oublier que nous sommes à l'extérieur, sur une place de village, entourés de montagne.

J'ignore combien d'habitants compte Santa-les-Deux-Sapins, mais je pourrais presque parier que tous sont présents, tant il y a de monde autour de la piste et sur la place où chacun rivalise d'élégance. J'ai soudain l'impression d'être propulsée dans un épisode de *Docteur Quinn, femme médecin*, je m'attendrais presque à entendre la voix de Grace chanter un cantique de Noël.

J'aperçois Benjamin qui nous gratifie d'un signe de la main et d'un grand sourire. Il est accompagné de sa femme et de sa charmante petite fille, visiblement ravie de porter une véritable robe de princesse en velours bleu brodé d'étoiles dorées.

— Alors ? m'interpelle Maddie. Qu'en dis-tu ?

— C'est… magnifique. Vraiment magnifique.

— Attends de voir tout le monde danser la valse !

— La valse ?

— Eh bien oui, tu te doutes bien que l'orchestre ne va pas se mettre à jouer du hard-rock, et nous à remuer nos cheveux en cadence, dans nos belles tenues de bal.

C'est désormais certain, Sully va débarquer d'une minute à l'autre et descendre de son cheval. Confirmant les propos de Maddie, l'orchestre commence à jouer. Les mélodies de Johann Strauss envahissent l'espace. Médusée, je vois les couples remplir alors un à un la piste, et commencer à danser dans un ballet parfait. C'est si beau que j'en ai la chair de poule.

— Tu as froid ? s'inquiète David qui s'est rapproché de moi après avoir salué quelques amis.

— Non, pas du tout. C'est juste que voir toutes ces personnes danser aussi bien me donne des frissons.

Parmi les danseurs, je repère justement Hélène et Étienne. Leurs regards sont comme aimantés, ils tournoient sans prêter attention à quoi que ce soit. Puis, lorsque la musique s'arrête, que la valse prend fin, Étienne dépose un rapide baiser sur les lèvres de sa cavalière, à peine une seconde, à peine appuyé, mais cela suffit à me faire pousser un petit cri de joie.

— Tu veux danser ? m'invite David alors que les musiciens entament une nouvelle valse.

Il ne me laisse pas le temps de répondre, attrape ma main et m'entraîne vers la piste.

— Mais… Je ne sais pas du tout danser ça ! La macarena, les Village People ou même la danse des canards si tu veux, mais pas la valse.

— Il te suffit juste de me laisser faire, je conduis, tu ne réfléchis à rien d'autre, tu me regardes et tu me laisses te guider.

— Tu es sûr ? bredouillé-je en m'imaginant déjà trébucher et me retrouver les cuisses à l'air et les fesses par terre.

— Tout à fait sûr.

Il s'approche de moi, enserre mon dos et relève mon bras pour que je pose ma main quasiment sur son épaule. Sa main droite attrape la mienne, il plante son regard dans le mien et commence à bouger les pieds. Les mouvements sont d'abord mesurés, puis de plus en plus amples, et sans que je m'en aperçoive, nous valsons tout autour de la piste. Je me détends et finis par complètement oublier mes jambes pour ne me soucier que du regard de David posé sur moi.

Je ne trébuche pas, je ne tombe pas, je valse, et si l'on m'avait dit ça avant mon départ pour ces quelques jours à Santa-les-Deux-Sapins, j'aurais été la première à demander si le mojito ingurgité n'était pas un peu trop chargé en rhum. Il n'y a que dans les films que des trucs pareils se produisent, non[1] ?

Lorsque la musique cesse, je suis à bout de souffle, avec le cœur qui bat la chamade. Je n'avais pas

1. Et dans les romans…

remarqué, mais quelques flocons de neige ont commencé à tomber, se posant ça et là sur les guirlandes lumineuses.

— Tu me rends ma main ? me demande David au bout d'une minute.

— Pardon. La voilà, dis-je en libérant ses doigts.

J'ai le souffle court, les jambes en coton, je ne suis pas très loin de sentir ces foutus papillons voler dans mon estomac, et ça ne me plaît pas du tout.

— Tu veux boire quelque chose ? enchaîné-je précipitamment en me dirigeant vers l'extérieur du kiosque. J'ai soif, moi. Je vais nous chercher quelque chose.

Hélène et Étienne sont main dans la main, ils parlent avec des gens que je n'ai jamais vus, Donovan est en grande discussion avec Benjamin, dont la femme, elle, rit un peu plus loin avec Maddie.

Il me faut de l'oxygène, pensé-je avant de me rendre compte que je suis à l'air libre. Je dois recouvrer mes esprits, redevenir la Pauline de plus de trente ans, celle qui s'envoie en l'air dans les parkings, sans qu'aucun papillon ne vienne lui chatouiller l'estomac.

Je m'éloigne du kiosque où retentit déjà une nouvelle mélodie, tourne au coin d'une rue et ne ralentis le pas qu'une fois la musique devenue un murmure derrière mon dos.

Alors que mon cœur commence à retrouver son rythme normal, que les flocons de neige ont finalement cessé de tomber, je me sens subitement ridicule. Pourquoi ai-je eu besoin de fuir comme quelqu'un de pris en faute ? Il est célibataire, moi aussi, peu importe les raisons qui nous ont conduits ici, après tout, au final il n'y a pas de mal à tomber… amoureuse.

Et merde.

— Pauline ? Ça ne va pas ?

Ce n'est pas du tout ce qui était prévu. Je ne sais même plus à quand remonte la dernière fois où j'ai été amoureuse, mais genre vraiment amoureuse. Ce que je n'ai pas oublié, en revanche, c'est à quel point je déteste la vulnérabilité qui y est associée.

— Pauline ?

— Écoute Donovan, là ce n'est vraiment pas le bon moment, je réponds brusquement en me retournant.

Chapitre 28

Minuit, l'heure du crime

— Tu t'es disputée avec ton soi-disant *petit ami* ? m'interroge-t-il avec une lueur dans les yeux qui n'inspire pas confiance.

— Je ne vois pas du tout ce que tu cherches à insinuer et non, je ne me suis pas disputée avec David. J'avais juste… besoin de marcher un peu. À cause d'une crampe que je me suis faite en dansant.

— Une crampe ? Tu devrais t'asseoir alors plutôt. Le temps que ça passe. Viens, il y a un banc juste là, me dit-il en me prenant le bras d'autorité et en m'y conduisant.

La crampe comme le mal de tête sont décidément à bannir du registre des excuses bidon.

— J'ai eu une conversation très intéressante avec Benjamin tout à l'heure, poursuit Donovan.

— Tant mieux, après tout, les bals sont aussi faits pour discuter avec des amis. Je sens que ma crampe se décrampe, je vais peut-être aller retrouver David…

— Il m'a dit que mon cher frère et toi étiez juste des amis, continue-t-il imperturbable. Et apparemment, il tient cette information de source sûre, puisque c'est toi-même qui le lui a appris hier.

Donovan est si près de moi que je sens son genou s'appuyer sur le mien.

— Alors ? Vous n'êtes pas ensemble, finalement ?

J'hésite l'espace de quelques instants à le détromper, mais je finis par me dire que ça n'a plus tellement d'importance. Maddie et Hélène sont déjà au courant, après tout.

— Non, en effet. Nous sommes juste amis.

Je repense à la boule de Noël offerte par Hélène quelques heures plus tôt, et soudainement j'en ai assez de tout ce mensonge. Alors, plus pour moi que pour lui, je lui balance toute l'histoire : l'installation des caméras de vidéosurveillance par la société Jespionne. com, mon aventure avec Hervé dans le parking, ma tentative d'effraction pour récupérer les images, le deal proposé à David pour qu'il essaie de les faire effacer…

— Ça m'étonnait aussi que David parvienne à séduire une femme aussi jolie que toi, reprend Donovan au bout de quelques secondes. Lui qui n'a d'autre occupation que sa précieuse thèse qui le rend si intelligent, si supérieur.

Ce n'est pas uniquement de la jalousie que je perçois derrière les mots de Donovan, mais une véritable rancœur, presque de la haine.

— Mais arrêtons de parler de lui, et parlons plutôt de nous.

— De nous ? demandé-je, interloquée.

— Tu me plais Pauline. J'ai eu envie de toi à la minute où je t'ai vue. Et depuis, je m'imagine passant ma main dans tes cheveux, embrassant ton cou, ta gorge, tes seins… Je sais que toi aussi tu en as envie.

Je suis sur le point d'éclater de rire face à tant d'inepties et de suffisance lorsque Donovan, interprétant tout autrement mon ouverture de bouche, y colle la sienne, fouillant ma gorge de sa langue, sans doute à la recherche de mes amygdales.

Surprise, je suis incapable d'esquisser le moindre geste, et pendant que Donovan continue à jouer les ORL avec sa langue, je me dis qu'il faudrait que je lui dise que c'est peine perdue. Pour moi et pour mes amygdales qui m'ont été retirées à l'âge de cinq ans.

— Qu'est-ce que vous faites, tous les deux ?

Chapitre 29

Minuit et demi

Ramenée à la réalité par cette interruption, j'ai enfin l'énergie de repousser Donovan, non sans crainte que sa langue se soit enroulée sur mon intestin et ne m'en emporte un bout au passage.

Maddie se tient devant nous, la colère succédant à l'incompréhension sur son visage. Je n'ai le temps ni de la détromper ni de lui expliquer, qu'elle se tourne vers Donovan.

— C'est moi, où je viens de te voir embrasser allègrement la copine de ton propre frère ?

— Tu as très bien vu, et pour ta gouverne, elle et David ne sont même pas ensemble.

Surprise, Maddie me regarde.

— C'est toi qui le lui as avoué ?

— Bien sûr que non !

— C'est Benjamin qui me l'a dit tout à l'heure. Et visiblement, il n'était pas le seul à connaître la vérité, n'est-ce pas Maddie ?

— Oui, bon, peut-être que je le savais aussi. Mais toi, tu apprends que David, qui est ton frère – dois-je te le rappeler – et Pauline ne sont pas vraiment en couple, et dans la minute qui suit, tu lui sautes dessus ?

— Je ne vois pas où est le mal puisque, comme tu l'as si bien dit, ce n'est pas sa copine

— Et le fait qu'elle puisse lui plaire quand même ne t'a, bien sûr, pas effleuré l'esprit…

— Est-ce que c'est de ma faute à moi si David est incapable de séduire qui que ce soit ? S'il est incapable, ne serait-ce que de dire à une fille qu'elle lui plaît ? Si ça lui convient de ne rien faire et de se transir d'amour en silence, moi je prends les choses en main et j'agis.

En main… En bouche, si je puis me permettre, mais c'est un détail…

— Tu savais, pour Lise ?

— Hein ? Mais pourquoi est-ce que tu me parles de Lise ? Qu'est-ce qu'elle vient faire là-dedans ?

— Est-ce que tu le savais ? Que David l'aimait ? Tu le savais ?

— Qu'est-ce que ça peut faire ? Que je sache, Lise était dingue de moi. Pas de David.

— Mais tu savais que lui l'aimait. Tu le savais et tu es quand même sorti avec elle. Tout comme tu sais aujourd'hui que Pauline, bien qu'elle ne soit pas sa copine, lui plaît. C'est pour ça que tu te jettes dessus.

Au milieu de cette querelle, je me sens particulièrement mal à l'aise. Peut-être que si je me levais discrètement, ils ne s'en rendraient pas compte. J'esquisse un premier mouvement.

— Ne t'en vas pas Pauline, j'en ai presque terminé avec Donovan.

Raté. Bon, eh bien je vais rester, alors.

— Tu en as presque terminé avec moi ? On croirait entendre maman. Sauf que tu n'es pas ma mère.

— Heureusement ! Parce qu'en tant que sœur, je peux me permettre de te dire que tu es un sale con. Qu'est-ce qu'il t'a fait, David, pour que tu lui en veuilles à ce point ? Pour que tu cherches à le rendre malheureux comme ça ?

— Pourquoi est-ce que je lui en veux ? Tu te le demandes encore ? Parce qu'il me pourrit la vie depuis toujours. Oh, bien sûr, tu vas me dire que c'est n'importe quoi. Après tout, ça a toujours été facile pour toi, tu es l'aînée ! Tu ne sais pas ce que c'est que d'entendre chaque année à quel point ton grand frère est intelligent, de te voir rabâcher en permanence *ah, ce serait si bien si tu travaillais aussi bien que ton frère, si tu t'impliquais comme lui...*

— En quoi il est responsable de ça ? Je ne l'ai jamais entendu te faire ce genre de remarque. Si les profs sont stupides, il n'y est pour rien ! Si mes souvenirs sont bons, il t'a proposé des tas de fois de t'aider à faire tes devoirs, de t'expliquer les trucs que tu ne comprenais pas, non ?

— Évidemment, David le grand seigneur qui propose de mettre son intelligence au service du cancre familial !

— Mais pas du tout, enfin ! Je ne voudrais pas faire la psy de couloir, mais ton complexe d'infériorité, c'est ton problème, c'est toi qui l'a créé. Pas David. Alors c'est ça, ton objectif dans la vie ? Faire en sorte que ton frère soit malheureux en amour ? Putain, Donovan, grandis un peu et passe à autre chose !

— Comme toujours, tu prends sa défense. David et Maddie, les inséparables, les aînés. Et Donovan, le petit dernier, l'erreur de parcours.

— Ne t'engage pas sur ce terrain-là avec moi, le stoppe-t-elle sur un ton sec. Je n'en ai pas envie, mais je peux moi aussi ressortir de vieux dossiers : Donovan, celui à qui on cède tout, Donovan, avec qui il faut tout partager parce que c'est votre petit frère, Donovan, qui ne doit pas être puni parce que c'était à vous de le surveiller. Ne crois pas que tu es le seul ici à avoir quelques plaies. À un moment, il est temps d'arrêter de se comporter en sale gamin jaloux. Tu n'as qu'à arrêter de te définir uniquement par rapport à David, et tout ira bien mieux.

Alors qu'il était resté assis sur le banc, les yeux levés vers sa sœur, Donovan se met debout, le visage crispé, les poings serrés.

— Tu as fini ? Rassure-toi, je ne vais pas vous imposer ma présence longtemps. Je vais demander à maman ou à Valérie de me déposer à la gare demain matin à la première heure. Comme ça, le sale con ne gâchera pas votre journée de Noël.

Puis il s'éloigne d'un pas rapide, sans que sa sœur ne dise ou fasse quoi que ce soit pour l'en dissuader.

— Maddie ! Il s'en va ! Tu dois le retenir, dis-je en me levant à mon tour.

— Ne compte pas sur moi. Il était grand temps que quelqu'un lui dise quelque chose.

— Mais demain, c'est Noël ! Ta mère, ça va la rendre malheureuse si tous ses enfants ne sont pas réunis.

— Il y aura d'autres Noëls. Et ne t'inquiète pas pour Donovan, au fond il est intelligent, je sais qu'il va réfléchir à tout ça. Tu devrais plutôt t'inquiéter pour David, si je puis me permettre…

— Pourquoi est-ce que je devrais m'inquiéter pour David ?

— Parce qu'il était parti te chercher et que je l'ai vu quitter cette rue en trombe, juste avant que je n'arrive…

Chapitre 30

Bien trop longtemps après l'heure du marchand de sable…

Lorsque, essoufflée comme un renne, j'ouvre la porte de la chambre après avoir couru jusqu'au chalet et grimpé l'escalier quatre à quatre, je trouve David en train de boucler sa valise.

— Qu'est-ce que tu fais ?

— Ça ne se voit pas ? Pourtant, c'est assez clair, même pour une personne qui ne lit que des trucs à l'eau de rose, me répond-il sur un ton cassant. Mais si tu insistes, je t'explique : là, je mets mes affaires dans la valise, quand ce sera terminé, je la fermerai. Ensuite, je grimperai dans ma voiture et je prendrai la route pour retrouver tranquillement mon appartement.

— Tu ne peux pas faire ça ! Demain c'est Noël, ta mère… Déjà que Donovan…

— Ça y est, vous êtes ensemble ? Quelle question ! Tout à l'heure, je vous ai vus…

— Ce n'est pas ce que tu crois…

— Ah non ? Pourtant, deux personnes qui s'embrassent, en général, ça correspond bien à ce que je crois. Mais pas d'inquiétude, je vais vous laisser le champ libre. En revanche, ne compte pas sur moi pour trouver une explication qui t'épargne aux yeux de ma famille. Je veux bien être gentil et m'effacer, mais il y a des limites.

Tout en parlant, il a refermé sa valise et se dirige vers la porte.

— David, arrête, lui dis-je en lui attrapant le bras. Tu ne peux pas partir comme ça.

Il s'immobilise. La peine que je lis dans son regard m'est presque insupportable. Puis soudain, il rit, du rire de celui qui cherche à ne pas fondre en larmes.

— Ça y est, j'y suis. Tu as peur pour ta vidéo, c'est ça ? Si je pars, tu te dis que je ne vais pas respecter ma part du marché ? C'est pour ça que toi et Donovan, vous vous cachiez ? Tu craignais que notre deal tombe à l'eau…

— Pour qui me prends-tu ?

— Je ne sais pas moi, pour une fille qui s'envoie en l'air dans un parking avec un collègue de bureau ?

La gifle part sans que j'aie le temps de la retenir. Instantanément, je m'en veux. Face à moi, David se tient la joue, tout aussi surpris que moi de ma réaction.

— Pardon, je n'aurais pas dû. Je suis désolée, m'excusé-je.

— Tu sais quoi ? poursuit-il frottant sa joue de la main, toi et Donovan êtes libres de faire ce que bon vous semble. Ça n'aura aucune conséquence, puisque de toute façon je n'ai pas obtenu l'autorisation d'effacer les images. Je voulais prendre les devants et pouvoir t'annoncer une bonne nouvelle, mais ça n'a pas fonctionné. J'ai reçu la réponse hier. Et si je ne te l'ai pas dit, c'est parce que je ne voulais pas que tu partes. Imagine combien je me sens con à présent, après t'avoir vue embrasser mon frère.

— Il n'y a rien entre ton frère et moi, rien du tout. Je suis juste un moyen pour lui d'exprimer sa rancœur. J'ai bien compris que tu avais une piètre opinion de moi, mais jamais je n'aurais couché avec ton frère. Vidéo ou pas. D'ailleurs, je savais pour les images.

— Tu savais quoi ?

— Que tu avais reçu une réponse négative de la part de Jespionne.com. L'autre jour, quand tu as reçu le texto, je croyais que c'était Joséphine qui m'envoyait un message. J'ai pris ton téléphone, pensant que c'était le mien, et j'ai eu le temps de lire en partie ce qui était écrit. S'il n'y avait eu que cette histoire de vidéo, si je n'en avais rien eu à foutre de toi, je serais partie. Mais non ! Je suis restée quand même. Parce que… Eh bien, parce que je suis contente d'être ici, que je me suis finalement faite à toutes ces dingueries de Noël. Et parce que tu me plais, voilà.

Il n'y a désormais plus de non-dits, je comprends combien tout ça était stupide et voué à nous exploser à la figure d'une manière ou d'une autre.

D'une voix plus calme, bien qu'enrouée par l'émotion, je reprends :

— Je suis peut-être une fille qui s'envoie en l'air dans un parking, mais je ne couche pas avec le frère du mec dont je suis tombée amoureuse.

David ne dit rien, ses yeux sont rivés aux miens. Mon souffle se fait court et ces foutus papillons sont de retour. Personne ne les nourrit donc jamais ?

Soudain, il se rapproche de moi, m'attire à lui et colle sa bouche contre la mienne. Un baiser aussi inattendu qu'exigeant, un baiser qui me colle les jambes en mousse, un baiser que, contrairement à tout à l'heure avec Donovan, je lui rends.

Chapitre 31

25 décembre, bien trop tôt…

Je suis réveillée par les premiers rayons du soleil, il semblerait que dans notre empressement, nous ayons oublié de tirer les rideaux. Il est à peine 6 heures du matin et je n'aurais pas dit non à une ou deux heures de sommeil supplémentaires post-débauche sexuelle.

Rien qu'en repensant à la nuit qui vient de s'écouler, j'en ai des bouffées de chaleur. David s'est révélé un amant gourmand et passionné, plutôt doué de ses mains… et du reste. Surclassant, et de loin, les aptitudes et attributs d'Hervé.

Je suis visiblement la seule à être dérangée par la lumière du jour qui a envahi à présent la chambre, puisque David dort profondément à côté de moi. Je soulève précautionneusement le drap qui repose sur lui pour vérifier à la lumière naturelle ce que mes mains ont perçu hier. Juste une vérification scientifique, bien entendu, n'y voyez rien d'autre… Ce type a un corps de rêve !

— C'est moi, ou tu es en train de me mater sournoisement ? me demande-t-il, les yeux toujours fermés.

— Absolument ! je réponds tout en gardant le drap levé.

— Au nom de l'égalité entre homme et femme, je réclame le droit de faire la même chose.

Les yeux à présent ouverts, à son tour il lève le drap.

— Tu es belle Pauline. Et incroyablement sexy aussi, me dit-il en rapprochant son corps du mien jusqu'à ce que nos jambes se trouvent entrelacées. J'aime tout particulièrement ce grain de beauté sur ton sein, poursuit-il en le caressant du bout des doigts.

Je frémis de plaisir lorsque la paume de sa main frôle mon téton durci.

— Tu préfèrerais peut-être dormir, murmure-t-il alors qu'il m'embrasse dans le cou et qu'il presse son ventre contre le mien.

— On dormira quand on sera vieux, murmuré-je. Le sexe de Noël, il n'y a rien de meilleur.

Ma bouche trouve la sienne, sa langue vient chatouiller la mienne, m'arrachant un gémissement. Oui, le sexe de Noël, il n'y a rien de meilleur.

Il doit être quasiment 9 heures lorsque nous nous décidons à descendre pour rejoindre le reste de la famille, main dans la main, ce qui n'échappe pas à Maddie qui se trouve seule dans la cuisine.

— Vous n'avez donc vraiment aucun égard pour moi ? s'exclame-t-elle.

— Comment ça ? s'inquiète David. Ça ne va pas ? C'est le bébé ?

— Le bébé va parfaitement bien, même s'il a décidé cette nuit de prendre ma vessie pour un trampoline. Mais tous les deux, là, vous puez le sexe et le plaisir à plein nez, et vous m'étalez ça sans pudeur !

Moi, pauvre femme enceinte bientôt à terme qui n'ai plus qu'un vague souvenir de ce qu'est un orgasme.

J'éclate de rire.

— Tu es toute seule ? l'interroge David, apparemment gêné à l'idée de savoir sa sœur en manque d'ébats sexuels.

— Comme chaque année, Ludo est sorti pour nous ramener du pain frais et de la brioche de Noël. Et comme tous les gens de la région, chaque année, ont la même idée, je fais l'hypothèse qu'il ne sera de retour que dans deux bonnes heures.

— Et maman ?

— Elle est partie il y a une demi-heure avec Valérie pour conduire Donovan à la gare.

— Comment ça, à la gare ?

— Pauline ne t'a pas raconté ? Ah ! mais non, suis-je bête, vous n'êtes que volupté tous les deux, ça ne laisse pas beaucoup de place à la parlotte. Pour résumer, lorsque j'ai trouvé la bouche de Donovan sur celle de… enfin, inutile de rentrer dans les détails, se reprend-elle précipitamment, disons que j'en ai profité pour lui dire deux ou trois petites choses qu'il avait besoin d'entendre.

— Genre quoi ?

— Eh bien qu'il était temps qu'il grandisse et qu'il arrête de jouer la victime de service. Oui, il a entendu toute sa scolarité combien tu étais plus brillant que lui, d'accord, c'est vrai que c'est pas finaud. Mais ça fait vingt ans qu'on n'est plus à l'école, il y a prescription maintenant.

— C'est pour ça qu'il m'en veut ? demande David, visiblement surpris.

— Apparemment…

— J'en aurais autant à son actif ! Il a fallu que je fasse avec les *qu'est-ce qu'il est beau, Donovan* depuis qu'il est né, ou presque.

— De toute façon, cette fois-ci, tout est bien qui finit bien, conclut Maddie en grimaçant. Donovan n'a ruiné aucune histoire d'amour.

— Ça va ? m'inquiété-je pour elle.

— Oui, oui, j'ai juste mal dans le dos depuis ce matin. C'est ce ventre proéminent qui n'est plus du tout compatible avec mes lombaires. Je vais aller m'allonger deux minutes sur le canapé.

Nous la regardons s'éloigner, nous efforçant de ne pas rire devant sa démarche en culbuto pour le moins singulière.

— Tu devrais aller parler à ton frère, dis-je à David au bout de quelques minutes.

— Et pourquoi ?

— Eh bien, parce que c'est ton frère, quoi qu'il se soit passé. Je sais, en tant que fille unique, je ne suis pas la mieux placée pour tenir ce genre de discours, mais justement, si je devais avoir un frère ou une sœur, je ferais tout mon possible pour que ça se passe bien. Et c'est Noël aujourd'hui. Ta mère doit avoir le cœur en mille morceaux à l'idée de ne pas avoir ses trois enfants auprès d'elle.

— Il t'a embrassée.

— Tu es certain ? Je n'en ai aucun souvenir, pourtant… tenté-je de plaisanter sans grand succès. C'est ton frère, David. Il faut que tu aies une explication avec lui. Après tout, vous ne vous êtes jamais dit ce que vous ressentiez. Si ce n'est pas pour lui, fais-le au moins pour ta mère.

Ma dernière phrase est ponctuée par un aboiement sonore.

— Tu vois ! Même Pilou approuve.

— Si Pilou est d'accord, alors je m'incline. Et pour te faire plaisir, et comme en effet aujourd'hui c'est Noël, je vais aller lui parler. Je compte bien notamment qu'il te fasse des excuses. Sache qu'il est buté, hein, alors je ne te garantis rien.

Il s'approche de moi et m'enlace.

— J'ai presque failli oublier…

— Oublier quoi ?

— Joyeux Noël, Pauline, me répond-il en m'embrassant.

Chapitre 32
10 heures

David parti, je rejoins Maddie, toujours semi-allongée sur le canapé en chemise de nuit.

— Tu l'as convaincu d'aller parler à Donovan ?

— Oui. Ils ne peuvent pas continuer comme ça. Il faut qu'ils vident leur sac.

— T'es vraiment une fille bien. Et je suis très contente pour toi et David au fait, grimace-t-elle encore.

— À voir ta tête, on ne dirait pas, dis-je, amusée.

— C'est ce mal de dos qui ne passe pas. Ça me lance par intermittence, c'est limite supportable.

— Ça te lance par intermittence ? Euh, Maddie… Tu n'aurais pas des contractions, par hasard ? demandé-je cette fois-ci plus sérieusement.

— Des contractions ? Mais non, c'est beaucoup trop tôt, je ne dois accoucher que le 5 janvier… Il faut juste que je change de position. Ou que j'aille marcher un peu, j'ai dû me faire une contracture.

Elle se lève et nos regards convergent dans la même direction. Une flaque d'eau s'est formée sous Maddie, et du liquide continue à dégouliner sur ses jambes.

Elle pousse alors un cri si aigu que Pilou, couché sur mes pieds, se cache les yeux avec ses pattes.

— Je crois que je viens de perdre les eaux… C'est ça, ou le Grinch a fini par exploser ma vessie à force de rebondir dessus.

Elle crie de nouveau.

— Tu as perdu les eaux. Et le Grinch va sans doute venir au monde un jour de Noël. Un comble, tu ne trouves pas ?

Je tente un rire, auquel Maddie me répond avec un rictus de douleur. Décidément, on verra plus tard pour l'humour.

— Je vais prévenir Ludo pour qu'il revienne de la boulangerie et qu'il te conduise à la maternité. Donne-moi son numéro.

— Le village est à au moins vingt minutes de route, on va plutôt aller le rejoindre pour gagner du temps. Envoie-lui un texto pour le prévenir de notre arrivée.

— Le rejoindre ? Mais comment ? Il n'y a plus de voiture.

Comme je n'ai pas le permis, ça m'arrange. Mais j'évite de le lui dire. Pas sûr en effet que cette information tombe très à propos.

— Nous allons y aller en motoneige. Il y en a une dans le garage, elle appartenait à mon père.

D'un pas décidé bien qu'entrecoupé de contractions qui me semblent quand même drôlement rapprochées, Maddie se dirige vers l'entrée. Elle attrape une doudoune qu'elle enfile tant bien que mal, puis glisse ses pieds dans des bottes fourrées trop grandes pour elle.

— Tu ne t'habilles pas ?

— Est-ce que j'ai une tête à avoir envie de m'habiller ?

Une nouvelle contraction la plie en deux.

— Tu as raison, on s'en fiche que tu sois en chemise de nuit et que tu risques de mourir de froid.

J'ouvre la porte d'entrée, et laborieusement nous nous dirigeons vers le garage où se trouve en effet une motoneige, ou plutôt une sorte de monstre gigantesque.

Maddie attrape un casque rangé sur une étagère et, entre deux contractions, s'installe à califourchon sur le siège passager arrière.

Est-ce que c'est le bon moment pour lui dire que non seulement je n'ai pas le permis, mais que je n'ai jamais conduit d'engin à moteur de ma vie ? Pas même une tondeuse…

Fébrile, j'enfile un casque et m'installe à mon tour sur le monstre.

— Démaaaaaaaaaarre ! gémit Maddie en s'agrippant soudain à moi, me brisant sans doute deux côtes au passage.

Je pose les mains sur les poignées. Et si j'accélérais trop fort ? Une scène apocalyptique se dessine nettement devant mes yeux : Maddie en chemise de nuit basculant en arrière, jambes par-dessus gros ventre et tête, moi tétanisée sur les poignées en accélération, la motoneige prenant de la vitesse… C'est une très, très mauvaise idée.

— Maddie… Il faut que je t'avoue un truc…

— Ne démarre pluuuuuuuus !!!

— Quoi ? Il faudrait savoir !

— C'est trop tard. Le Grinch arriiiiiiiiiive, hurle-t-elle dans mon oreille.

— Comment ça, il arrive ?

— Il arriiiiiiiiiive, je vais accoucher !!! hurle-t-elle.

— Mais… Tu ne peux pas essayer de le retenir ?

— Non je ne peux paaaaaaaaas. Ah ! putain, ce que j'ai mal ! Il doit attaquer la paroi à coup de dents, ce n'est pas possible.

J'aide Maddie à descendre de la motoneige et lui dis de prendre appui sur moi. Le retour vers la maison nous prend deux fois plus de temps que le trajet aller, j'y laisse encore deux ou trois côtes. En même temps les côtes, à quoi ça sert ?

Une fois à l'intérieur, Maddie se dirige vers le canapé, la main entre ses jambes, puis elle s'allonge.

— J'ai mal, j'ai mal, j'ai maaaaaaaaal !!!!

Et moi, j'ai peur, j'ai peur, j'ai peuuuuuur !!! Sauf que personne ne s'en soucie, bien évidemment.

— Il faut que je pousse !!!

— Mais non !! Tu ne peux pas essayer de serrer les jambes, plutôt ? Oh ! mon Dieu, je vois sa tête, sa tête est en train de sortir !!!

— Aïïïïïïïïe !!!!!!!!!

— Aaaaaaaaaaaaaaah !!!!! mon Dieu ! Sa tête est sortie.

— Pitié, dis-moi qu'il n'est pas vert ?

— Non, il ne l'est pas. Et il n'a pas de poils non plus.

Je tends mes bras pour attraper le bébé, qui termine son excursion.

Maddie hurle.

Je pleure.

Le bébé crie.

Née un 25 décembre, le Grinch, finalement, est une Grinchette.

Chapitre 33

11 h 30

Une demi-heure plus tard, toute la famille est réunie autour de Maddie et du bébé qu'elle tient au creux de ses bras, et qui, après toutes ces péripéties (plus jamais je ne veux avoir à couper des cordons !), dort à poings fermés, la bouche en cœur. Presque toute la famille en fait, puisqu'il manque Donovan. Visiblement, David n'a pas réussi à le convaincre. En cet instant, alors que sa première nièce vient de naître, je m'en veux encore plus.

— Tu pleures, mon chéri ? demande Maddie à son mari.

— Mais non, c'est juste… Une poussière ou un poil de Pilou que j'ai dans l'œil.

Ludovic est arrivé à peine quelques minutes après la naissance de sa fille, débarquant en trombe dans le chalet, balançant, sans se préoccuper du lieu d'atterrissage, les sachets de croissants et de brioches.

— Je meurs de faim ! soupire la jeune maman.

Instantanément, nos regards se tournent vers un certain chien des montagnes, allongé sur le sol, les pattes en l'air, repu de viennoiseries. Il n'en a pas laissé une miette.

— Je vais aller te préparer des petites crêpes, propose Hélène, et je t'en apporte à la maternité. Quand tu étais petite, tu m'en réclamais tout le temps.

— Avec du champagne, ajoute Maddie ! À présent que je peux de nouveau boire, comptez sur moi pour prendre une belle petite cuite post-accouchement !

— On a demandé les pompiers ? l'interrompt soudain un Étienne en uniforme de soldat du feu. J'ai frappé, mais personne ne m'a entendu, précise-t-il pour justifier son intrusion.

Hélène s'approche de lui et dépose sur ses lèvres un baiser qui, bien que furtif, n'échappe à personne.

— David et Pauline ce matin, et maintenant toi, maman. C'est la journée de l'amour, on dirait ! s'exclame Maddie.

Alors qu'Hélène rougit, Étienne lui prend la main.

— Je voulais attendre un peu pour… vous l'annoncer, mais puisque cette journée est visiblement celle des surprises… Étienne m'a demandé de l'épouser hier soir. Et… j'ai dit oui.

Au fond, je ne connais pas vraiment Hélène, mais je suis très heureuse pour elle. Ses sentiments pour Étienne sont inscrits sur son visage et elle rayonne.

— Raison de plus pour le champagne et la biture ! surenchérit Maddie. Félicitations à vous deux !

— C'est plutôt toi qu'il faudrait féliciter, répond Étienne. Ça n'a pas dû être facile d'accoucher toute seule ici.

— Je n'étais pas toute seule, il y avait Pauline. Et franchement je n'ai presque rien senti. À peine un petit pincement dans le dos. N'est-ce pas, Pauline ?

— Absolument ! Une vraie promenade de santé, lui réponds-je, accompagné du clin d'œil familier.

— Il paraît qu'un bébé est né par ici ?

Toutes nos têtes se tournent de concert vers la porte d'entrée où se tient Donovan, souriant.

Je ne peux retenir un soupir de soulagement.

— J'ai croisé ce jeune homme sur le chemin, nous explique le bûcheron pompier, je me suis dit qu'il fallait que je vous l'amène pour que la fête soit complète.

Donovan se dirige vers sa sœur, qu'il embrasse tendrement sur la joue, puis il caresse le front de la Grinchette.

Au regard que lui adresse David au passage, je le devine soulagé qu'il ne soit pas parti et j'en suis heureuse. Ces deux-là ne sont pas encore complètement perdus l'un pour l'autre.

— Mon petit Étienne, ce n'est pas le tout, reprend Maddie, mais je crois qu'il est grand temps de nous conduire à la maternité. Ma fille et moi sommes attendues pour un contrôle technique complet. Avec tout cet amour dans l'air, il devient urgent qu'on me confirme que je peux à nouveau me servir d'une partie de mon anatomie.

Étienne, visiblement habitué aux sorties de Madeline, ne sourcille même pas et l'aide à s'installer sur le brancard, prenant bien soin d'emmailloter la Grinchette pour qu'elle ne prenne pas froid. Puis, accompagné de Ludo, ils partent pour la maternité.

— Et si nous buvions quelque chose, nous aussi ? propose Hélène.

— N'oublions pas qu'aujourd'hui c'est Noël, je vais vous préparer des laits de poule dont vous me direz des nouvelles, s'enthousiasme Valérie.

Alors que les deux femmes se dirigent vers la cuisine, bras dessus, bras dessous, j'ai subitement besoin de prendre l'air. Je viens de vivre l'expérience la plus ambivalente de ma vie. Jamais je n'ai ressenti autant de peur et de joie qu'au moment de la naissance du bébé de Maddie.

— Je vais aller m'assoir un peu dehors, glissé-je à David.

— Avant ça, me répond-il en m'enlaçant, j'aimerais que tu m'expliques pourquoi il y a deux casques sur la table du séjour… Tu n'avais pas l'intention de faire monter Maddie sur la motoneige de mon père, dis-moi ?

— David ? Est-ce que tu peux venir m'attraper le robot qui est rangé tout en haut du placard ? l'interpelle Hélène de la cuisine.

— Sauvée par le robot !

— Mouais… Tu t'en sors bien.

Il m'embrasse à me donner l'envie de retourner immédiatement sous la couette, puis rejoint sa mère dans la cuisine.

J'en profite pour aller sur la terrasse, et une fois dehors, remplir mes poumons d'air pur. Mes yeux se remplissent, eux, de larmes que je laisse échapper. Trop d'émotions pour mon petit cœur.

— Pauline ? Tu veux bien qu'on discute un peu ?

Derrière moi, se tient Donovan.

J'étais heureuse et soulagée de le voir revenir avec David tout à l'heure. À présent, je me sens un peu plus mal à l'aise.

— Je m'excuse pour hier soir. Je n'aurais pas dû t'embrasser, poursuit-il en me rejoignant près de la rambarde de la terrasse.

— …

— Entre David et moi c'est compliqué, et ça ne date pas d'hier, poursuit-il. Je n'aurais pas dû te mêler à tout ça. Je suis désolé.

Au son de sa voix, il semble sincère.

— C'est une bonne chose que tu ne sois pas parti. Et j'espère que toi et David réussirez à dépasser tout ça.

— On verra. Il m'a dit que c'était toi qui l'avais convaincu de venir à la gare pour qu'on parle. Après la scène d'hier soir, ça m'a surpris. Il a de la veine de t'avoir rencontrée.

— Merci, c'est gentil. Je n'ai pas la chance d'avoir un frère ou une sœur, mais si c'était le cas, je ferais tout pour que l'on s'entende bien. Je suis contente que vous ayez pu discuter. Tu vas sûrement me dire que je ne connais pas David depuis bien longtemps, et tu aurais raison, mais il semblait vraiment surpris quand Maddie lui a expliqué, pour les remarques des profs, pour ce sentiment d'infériorité…

— Oui, c'est ce qu'il m'a dit. On a chacun vidé notre sac, j'ai compris certains trucs, lui aussi je crois. Il faudra sans doute un peu de temps avant qu'on devienne les meilleurs amis du monde, mais on s'est au moins promis de se parler à l'avenir.

Un ange passe, et Donovan retourne à l'intérieur, me laissant seule.

Si on m'avait dit que deux minutes de sexe contre un mur dans un parking m'auraient conduite ici, devant ce paysage magnifique, avec l'envie de ne jamais en repartir, je n'y aurais pas cru.

Je sens sa présence avant d'avoir ses bras autour de moi.

— À quoi tu penses ?

— Tu crois que ça va chercher dans les combien, une chirurgie complète du visage ?

— Euh… Je ne sais pas, répond-il en riant à moitié. Pourquoi cette soudaine interrogation ?

— Vu que, d'ici quelques heures, tout l'immeuble pourra visionner mes exploits sexuels, je me dis qu'il faut que je trouve un moyen pour que personne ne puisse me reconnaître… Remarque, d'ici à ce que j'aie un rendez-vous, il sera déjà trop tard.

David se met à rire de plus belle.

— Moque-toi ! Je vais peut-être devoir déménager et changer de job à cause de Jocelyne. C'est tout, sauf drôle !

— Pardon, mais c'est plus fort que moi, tente-t-il, cette fois complètement emporté par le fou rire. C'est que je t'imagine dans le cabinet d'un chirurgien esthétique, en train d'expliquer tes motivations…

Incapable de m'offusquer, je sens les muscles de ma mâchoire se détendre et le rejoins dans son hilarité.

Qui sait, peut-être que personne n'ira regarder ces images ? Que Jocelyne elle-même en sera privée par une indigestion de marrons glacés qui la clouera au lit pour plusieurs jours ? De toute façon, je ne peux plus rien empêcher.

Alors que nous sommes parvenus à nous calmer, enlacés face au sublime paysage montagneux, David coupe court au silence qui commence à s'installer.

— Tu n'auras besoin ni de chirurgie ni de déménager.

— Tu as engagé un tueur à gages pour éliminer tous les habitants de l'immeuble ?

— Non. Hélas, moi je ne peux rien faire. Mais Donovan en revanche, si.

— Donovan ?

— Figure-toi que la société Jespionne.com a été créée par l'un de ses meilleurs potes.

— Comment le sais-tu ?

— C'est lui qui me l'a appris tout à l'heure, à la gare. Il cherchait un moyen de se faire pardonner vis-à-vis de toi, alors il a envoyé un mail à son copain pour lui demander d'intervenir sur l'enregistrement.

— Tu me fais marcher, là ? je demande, incrédule.

— Pas le moins du monde.

— Mais c'est génial !

— Attendons de voir ce qu'il va répondre, mais probablement que Jocelyne va perdre l'occasion de se rincer l'œil gratis.

Donovan est un ami du gars qui a créé Jespionne.com. Celle-là, je ne m'y serais jamais attendue. Et dire que si on avait connu cette information dès le départ…

Les chants de Noël interrompent le cours de mes pensées.

— Je crois que nous sommes attendus pour trinquer au lait de poule, indique David.

Je me tourne vers lui et souris.

— Alors, allons-y.

Après réflexion, s'il fallait réécrire ces sept derniers jours, je ne changerais rien.

You'd better watch out
You'd better not cry
You'd better not pout
I'm telling you why
Santa Claus is coming to town.

— Non. Hélas, moi je ne peux rien faire. Mais Dancourt, éventuellement...

— Dancourt ?

— J'ignorais que la société [illegible] a été créée par l'un de ses meilleurs potes.

— Comment le sais-tu ?

— C'est lui qui me l'a appris tout à l'heure, à la gare. Il cherchait un moyen de se faire pardonner vis-à-vis de toi, alors il a envoyé un mail à son copain pour lui demander d'intervenir sur l'enregistrement.

— Tu me fais marcher, là ? je demande, incrédule.

— Pas le moins du monde.

— Mais c'est génial !

— Attendons de voir ce qu'il va répondre, mais probablement que Joseph ne va pas perdre l'occasion de se [illegible].

[illegible]

Épilogue

18 décembre, 10 heures, mais un an plus tard…

Allongée dans mon lit, la tête vraisemblablement coincée sous un marteau-piqueur, je me demande pour la énième fois pour quelles raisons je me suis encore infligé la fête de Noël du bureau…

Dépitée, je regarde le cadeau du père Noël secret que j'ai balancé dans un coin de la chambre en rentrant – un lot de rouleaux de papier toilette avec une inscription du meilleur goût : *J'en ai plein le cul.*

Je me console en me disant qu'au moins la soirée ne s'est pas terminée comme celle de l'année dernière. Enfin, disons, pas complètement… Il y a bien eu du sexe, un mur, mais l'endroit et surtout le mec étaient différents.

Cette fois-ci, pas d'enregistrement vidéo compromettant, j'ai bien retenu la leçon. Heureusement que James, le copain de Donovan, a accepté d'intervenir l'année dernière, mais il s'en est fallu de peu.

Contractuellement, il ne pouvait pas effacer les bandes, mais je dois dire que le cryptage qu'il y a appliqué était des plus convaincants. Digne de la grande époque de Canal+, lorsqu'après 20 heures les émissions émettaient brutalement des crachouillis pour les non-abonnés. Voilà qui a dû rappeler des souvenirs à tous ceux qui, adolescents, regardaient le film du premier samedi du mois. Malgré le cryptage.

J'aurais aimé être là lorsque Jocelyne est venue trouver David, lui demandant où elle devait payer un supplément pour avoir les images en clair.

Ce n'était qu'une blague entre nous à l'approche de la date anniversaire, mais l'alcool aidant, j'ai fini par proposer à David une partie de sexe sportif contre un mur lorsque je l'ai rejoint dans son appartement. Il fallait bien fêter la soutenance de sa thèse, et le brillant avenir de chercheur en neuropsychologie qui s'offre à lui.

Alors que je m'étire et m'étale dans mon lit, je remercie une nouvelle fois le dieu de la cuite de m'avoir permis de rencontrer un homme adepte lui aussi du chacun chez soi.

Je n'ai pas besoin de voir ma tête pour savoir que je dois ressembler à un portrait de Picasso mode papier mâché. Inutile d'imposer cette vision à David. Je préfère largement qu'il me voie à mon avantage. Peut-être qu'un jour ça changera, mais pour le moment, cet arrangement nous convient très bien à tous les deux.

Telle une tronçonneuse cherchant à découper ma table de nuit, mon téléphone se met à vibrer. Foutue vodka.

— Oui Joséphine, surtout ne parle pas trop fort, j'ai un mal de crâne à décorner un bœuf.

— *Dura lex, sed lex*. Comme le disait Fernandel, le pastis, c'est comme les seins, un c'est pas assez, et trois c'est trop…

— Fernandel ? Eh bien, le moins que l'on puisse dire, c'est que tu es allée la chercher très loin, celle-ci !

— Ma grand-mère me la ressort chaque année, alors à force… Mais parlons de choses plus croustillantes, comment s'est terminée la soirée, hier ? Tu as suivi mon conseil et épuisé David ?

Je l'entends soudain glousser et baragouiner quelque chose en plaçant sa main devant le téléphone. Je crois entendre un prénom, mais non… impossible.

— Joséphine ? Il y a quelqu'un avec toi ?

— Euh, oui…

— Ne me dis pas que j'ai entendu ce que j'ai entendu…

De nouveau, elle glousse, et cette fois-ci, j'entends distinctement la voix de celui qui est avec elle.

— Tu es avec Hervé ? Mon Hervé ? Enfin… Le Hervé du parking ?

— Ça se pourrait bien… Quand je t'attendais hier devant ton boulot pour te ramener, nous nous sommes croisés sur le trottoir et on a commencé à discuter… Après t'avoir déposée chez toi, j'y suis retournée, et une chose en entraînant une autre…

— Tu t'es envoyée en l'air avec lui !

— Pas qu'une fois, si tu veux tout savoir, me répond-elle en chuchotant. Et c'était…. Franchement, je ne sais pas si c'était le mur ou le parking, mais dans un lit, il est… Enfin, il sait se servir de tout ce qu'il a, quoi.

Apparemment de l'autre côté du téléphone, Hervé doit être flatté et fringant, puisque Joséphine raccroche brusquement après m'avoir informée qu'elle me rappellera plus tard pour connaître le cadeau que j'ai tiré au sort.

Les paris étaient en effet ouverts sur ce que j'allais bien pouvoir recevoir, les rouleaux de papier toilette surpassant, et de loin, toutes nos hypothèses.

Eh bien, ça alors ! Joséphine et Hervé. Qui l'eût cru !

En bonne amie que je suis, je m'apprête à envoyer immédiatement un message à Estelle et Thibault pour relayer cette information de la plus haute importance, quand je reçois un texto de David qui me demande s'il peut passer me voir d'ici une heure.

Une heure ? Mais il va m'en falloir au moins deux pour réussir à me traîner hors de mon lit, et encore deux pour me redonner forme humaine…

Je suis sortie courir. Tu sais bien, ma préparation pour le marathon… Passe plutôt dans l'après-midi ?

Je suis certain que tu es belle, même avec une gueule de bois. Mais c'est comme tu veux ;-). Je passerai vers 17 heures.

Lorsqu'il sonne à la porte, sur les coups de 17 heures, je quitte tout juste la salle de bains. Il m'a finalement fallu bien plus de deux heures pour réussir à m'extirper de mon lit. La faute à Netflix, qui a eu la bonne idée de mettre en ligne l'intégrale de la série *Dawson*.

Il n'y a personne sur le palier lorsque j'ouvre, je suis certaine pourtant d'avoir entendu la sonnette. Il faut vraiment que j'arrête le punch, ça ne me réussit pas. Je m'apprête à refermer, lorsque j'aperçois un paquet déposé sur mon paillasson. Sur le dessus est écrit au marqueur *ouvre-moi*.

Du bout du pied, je le touche et retire ma jambe

aussitôt, au cas où un truc vivant en sortirait. Apparemment, le paquet contient quelque chose de mou, inoffensif donc. Je me baisse pour l'attraper et commence à le déballer. Deux énormes bois de rennes en tissu jaillissent de l'emballage. Ne me dites pas que c'est ce que je crois ?

En fait si, c'est tout à fait ce que je crois, un pull de Noël vert bouteille, avec motif tête de renne et ses bois proéminents.

Il y a une petite carte qui accompagne le pull. Elle est écrite de la main de David. En la lisant, je ne peux m'empêcher de sourire : *Maintenant que tu as la tenue officielle, es-tu prête pour le mariage du siècle ?*

Si je suis prête ? Probablement pas. Mais je ne manquerais ça pour rien au monde.

TO BE CONTINUED…

Remerciements

Ceux qui me connaissent dans la vie ou me suivent sur les réseaux sociaux savent à quel point j'aime Noël, et ce depuis toute petite. Les sapins, les décorations, les cadeaux, l'ambiance… Et les films de Noël ! Quel bonheur maintenant, quasiment dès le mois de novembre, de tous les regarder. J'attends ça chaque année avec impatience.

Je vous laisse imaginer combien mon envie de participer en écrivant ma propre comédie pouvait être forte !

C'est désormais chose faite, et la première que je dois remercier pour cela, c'est Elsa Lafon.

En effet, publier deux romans dans la même année, c'est un peu un pari risqué. Malgré cela, Elsa a choisi de me suivre et je lui en suis reconnaissante. Quel plaisir ça a été d'écrire cette histoire, si tu savais, Elsa ! Si, si, même au mois d'avril, alors qu'il faisait trente-cinq degrés dehors.

Merci à mon Denis Bouchain à moi – qui m'appartient personnellement – pour son accompagnement toujours aussi précieux. Nous sommes partis de loin sur ce texte, puisqu'au démarrage, le personnage de

David lui donnait envie d'aller lui briser les jambes à coups de barre de fer. Il n'en a pas l'air comme ça, mais c'est un grand sensible. Je vous épargnerai donc la première version qui a valu cette soudaine flambée de violence.

Merci à Aurore Menella et à Honorine Dupuy d'Angeac, qui ont suivi pas à pas l'écriture de l'histoire, riant de mes bêtises et attendant patiemment la suite.

Merci à la *team* Pocket de me faire confiance sans même avoir lu le texte. C'est précieux, vous ne savez pas à quel point.

Merci à Marie Vareille, toujours de bon conseil, qui m'a confirmé le sentiment de Denis vis-à-vis de David, et m'a aidée à trouver une alternative pour rendre le point de départ un peu plus politiquement correct.

Merci à Ludovic pour ses retours précieux, et pour m'avoir fait remarquer judicieusement que cette comédie manquait cruellement de chien. C'est grâce à lui que Pilou a fait son apparition, et reconnaissez que son absence aurait été dommageable.

Merci à Bella Julia, bêta lectrice for ever, pour m'avoir confirmé que c'est exactement le genre d'histoire qu'elle a envie de lire à l'approche de Noël.

Merci à Emmanuelle d'avoir accepté de lire ce livre avant la sortie papier, et d'avoir ri comme jamais. Ton avis compte énormément pour moi. Quelqu'un m'a dit il y a peu qu'on ne dit pas assez aux gens qu'on aime qu'on les aime, alors sache que je t'aime fort.

Merci à tous mes lecteurs, je dis tous, parce que vous êtes de plus en plus nombreux, et ça me chavire le cœur. Votre soutien, vos messages, votre enthousiasme impatient à l'approche de la sortie d'un roman constituent mon carburant.

Et enfin, comme toujours, merci à l'homme de ma vie d'en faire partie. Je me souviens que lors de notre premier Noël à la maison, tu ne voyais pas l'intérêt de faire un sapin. Oui, vous lisez bien… Merci de t'être converti à la magie de Noël, et de commencer aujourd'hui à décorer la maison dès novembre.

Je vous souhaite un très, très joyeux Noël ! ☺

La photocomposition de cet ouvrage
a été réalisée par
GRAPHIC HAINAUT
30, rue Pierre Mathieu
59410 Anzin

Imprimé en France par

MAURY IMPRIMEUR
à Malesherbes (Loiret)
en octobre 2020

Visitez le plus grand musée de l'imprimerie d'Europe

ami atelier-musée de l'imprimerie
Malesherbes-France

POCKET - 92 avenue de France, 75013 PARIS

N° d'impression : 248878
S30948/01

Imprimé en France par

Maury Imprimeur
à Malesherbes (Loiret)
en octobre 2020

Visitez le plus grand musée de l'imprimerie d'Europe

ami atelier-musée de l'imprimerie

POCKET - 12, avenue d'Italie - 75627 PARIS CEDEX 13

[illegible]

[illegible]